POUR LA PEAU
DE SHIRLEY PAGE

CONSTANCE TRAUTSOLT

POUR LA PEAU DE SHIRLEY PAGE

ROMAN

Harper Collins
TRAVERSÉE

HARPERCOLLINS FRANCE
83-85, boulevard Vincent-Auriol, 75646 PARIS CEDEX 13
Tél. : 01 42 16 63 63

www.harpercollins.fr
ISBN 979-1-0339-1607-9 — ISSN 2724-9972

À ma mère

blanc.

Si je dois parler de Shirley Page, je dois d'abord parler de ma mère, de ce matin de novembre où elle m'a appelée pour me dire : « Mon père est mort. » Pas « ton grand-père » mais « mon père », et j'ai entendu dans sa voix l'enfant abandonnée qu'elle était à présent.

Elle a dit « cette nuit, à l'hôpital », « détresse respiratoire », et la suite s'est perdue dans la mauvaise communication sur la ligne. J'ai cru comprendre un « c'est comme ça » et « grand-mère est à côté de moi, elle n'a pas encore réalisé », le reste je l'ai deviné. « Rappelle-moi plus tard, mauvaise connexion Internet. »

Je les ai imaginées toutes les deux dans la cuisine. Ma mère à la table. Ma grand-mère en chemise de nuit, dans l'encadrement de la porte, elle ne sait pas ce qu'elle attend mais elle attend, sa joue appuyée contre le bois froid.

Dehors, le ciel était gris, les avions décollaient devant moi, j'ai serré la poignée de ma valise pour avoir quelque chose à tenir dans la main. Des lumières clignotaient en taches orange sur le tarmac. J'aurais aimé croire qu'elles voulaient me dire quelque chose. Jusqu'à la fin, je les ai regardées pâlir puis disparaître en dessous de moi.

Enfant, le visage de ma grand-mère me faisait l'effet d'un grand plat de purée mal touillée. « Tout ce bleu, c'est très beau », elle a agité les doigts au-dessus des photos et, pour la première fois depuis longtemps, peut-être même depuis que des taches étaient apparues partout dans le corps de son mari, de la lumière est venue remplir les plis de son visage. « Tout ce blanc aussi. Mais ils n'ont donc pas d'autres couleurs là-bas ? »

Dans le frigidaire, elle a entreposé la boîte en carton avec les bagues au sucre dans le bac à légumes. Tout en bas, comme ça elle n'a pas à s'empêcher d'y porter la main dès qu'elle ouvre la porte du gros machin marron. Alors que cela fait des années que je suis partie et que je lui en rapporte, elle a quand même renoncé à retenir leur nom.

Elle a demandé à voir plus de photos de cet autre chez-moi, que j'ai laissé en Tunisie. Nous étions toutes les trois dans la cuisine, ma grand-mère, ma mère et moi. J'ai guetté un non de ma mère, mais elle n'a rien dit. Vider la maison se révélait aussi douloureux que prévu, alors si les grandes boîtes pouvaient attendre un peu, ne pas se reproduire partout, tout de suite, en d'autres grandes boîtes, on pouvait s'arrêter quelques instants.

Les tas grossissaient et finissaient quelquefois par se toucher puis se confondre, à garder, à jeter, à donner ou alors à décider plus tard, quand l'objet méritait de rejoindre la deuxième ou troisième pile, mais que quelque chose l'en empêchait, l'émotion, la peur de l'oubli, ou quelque chose en tout cas qui ne pouvait se nommer les genoux par terre, le chiffon à poussière pas loin, la télé qui gueulait dans l'autre pièce pour garder une présence du dehors, pour ne pas se laisser enfermer par le chagrin d'une nouvelle façon, dans un autre dedans dont il nous aurait été impossible de sortir toutes les trois.

Quand ma grand-mère est apparue avec un costume de son mari sur le dos, un beau complet couleur tabac, nous avons pleuré de rire comme des loutres devant le pantalon tout déchiré à l'arrière. Je n'avais jamais vu ma grand-mère en culotte, ni son corps se tordre autant. À côté, la voix de Jean-Pierre Pernaut se faisait plus forte pour annoncer une journée de pluie sur toute la France. Nous avons ri encore et encore.

Que la mort de mon grand-père ait coïncidé avec le jour de mon retour en France, je ne me l'expliquais pas, ou seulement par son refus des choses sombres, qui lui a fait garder toute sa vie le même sourire serré sur le visage, un sourire en mémoire duquel mon père, venu nous rejoindre, a trié les différentes pages de journaux pour emballer ses affaires. Une pile avec les mauvaises nouvelles qu'on n'utiliserait pas, *Un incendie se déclare à la mairie de Dole*, *Deux cyclistes gravement blessés par un chauffard*, *Peur à l'école primaire de Baume-les-Messieurs*. Une autre pile avec *La véritable recette des poires pochées au vin rouge et à la crème de cassis*, *Ils se sont dit oui cette semaine*, *Une ânesse et son ânon sauvés par les pompiers*, *Naissance de triplés à l'hôpital Saint-Antoine*. « Pour la chance », a dit mon père, en tendant les feuilles une à une, heureux de trouver quelque chose à dire à ma grand-mère. Elle lui a serré doucement le bras, sa manière à elle de dire merci. Pour la chance et pour éloigner le chagrin, elle l'avait bien compris.

De temps en temps, elle s'arrêtait et ça lui revenait. Elle serait seule maintenant, complètement seule. Elle contemplait les affaires et c'était comme si soudain son corps se faisait si petit qu'il pouvait tenir dans l'une des boîtes en carton. Elle pleurait et, quand elle avait fini de pleurer, elle se forçait à sourire de nouveau.

Elle parlait sans arrêt des petits vieux qu'elle allait rejoindre et de la maison rose aux immenses portes-fenêtres qui l'attendait. Quand je l'ai accompagnée la première fois, j'ai été frappée par l'odeur de détergent et de miettes mouillées qui y régnait.

Après la visite, il m'a fallu plusieurs secondes pour arrêter de voir des rampes en plastique blanches à tous les murs.

Les clichés étaient vieux et pourtant on reconnaissait le sourire de ma mère. Autour de ce sourire, aujourd'hui, le visage avait subi les effets du temps. Quand ma mère s'est penchée par-dessus mon épaule pour les observer, dans le salon de mes grands-parents, j'ai vu soudain la fille de la photo s'agiter à travers ses traits.

Ils étaient au fond d'une boîte qui n'annonçait rien de plus qu'une paire de chaussures taille 44, comme toutes les autres boîtes du tiroir. J'ai dit que ce n'était pas une façon de traiter le passé. « La mémoire n'est pas là », a répondu ma grand-mère, en haussant les épaules et en pointant plutôt son front.

Dans ma tête, entre l'image de ma mère enfant, puis l'image de ma mère mariée, il n'y avait jamais rien eu, seulement des projections très vagues de son visage sur un corps plus jeune, quelquefois même mon visage mélangé au sien, pour relier la femme qui se tenait devant moi avec toutes celles qu'elle avait dû être. Et voilà qu'une de ces filles m'apparaissait, l'une de ces filles qu'elle avait été, et j'ai tendu les photos, sans trop savoir soudain si c'était ma mère ou cette fille que je ne connaissais pas qui me les prenait des mains.

Les clichés étaient tous des portraits. On la voyait qui souriait, la tête un peu penchée sur la droite. Elle avait vingt ans et de longs cheveux, une robe qui bouffait sur les épaules et deux oiseaux bruns à la place des sourcils. Sur l'un, elle fermait les yeux, sur un autre, elle avait un mouvement un peu maladroit pour ramener sa main vers son visage. Il y avait des dizaines de clichés. Sur certaines photos, la couleur de sa peau changeait, parfois plus rosée, parfois grise, mais jamais le sourire, ni les ailes d'oiseaux au milieu de son visage.

Derrière l'objectif, on devinait quelqu'un qui lui faisait pencher un peu plus la tête, remettre ses cheveux, ajuster le col sur ses épaules.

Jolie, ma mère, si jolie que, pendant un instant, on est restés là, sans un mot, et le mélange absurde de corps et de visages a cessé enfin de remuer dans ma tête.

Les histoires qu'on me racontait depuis mon enfance ne comprenaient pas de silences, j'entendais parler des bizarreries et des drames qui avaient traversé ma famille comme du reste. J'avais toujours vécu au milieu des adultes. J'étais là, parmi eux, et jamais leurs voix ne baissaient.

« Un enfant à qui on ne cache rien, c'est un enfant qui saura affronter les tempêtes plus tard. » Ma mère avait toujours la même phrase pour déplisser les fronts trop soucieux des parents, et aussi des bonbons à la menthe qu'elle leur glissait quand venait l'heure de les mettre à la porte de son infirmerie. Les bonbons collaient au fond de la corbeille à cause du soleil qui tapait plus fort de ce côté de la cour de récré.

On me racontait si bien les histoires que quelquefois je croyais moi-même en faire partie, les images se déroulaient dans ma tête, et je pouvais réciter ou imaginer tous les mots qui s'y étaient dits et les personnes qui les avaient prononcés.

La noyade de ma tante à l'âge de quatre ans faisait partie de ces histoires. Plutôt que de taire cette journée, on m'avait raconté ma mère qui jouait à côté de sa sœur, le téléphone qui sonnait loin dans la maison, les bruits de pas qui s'éloignaient sur le gravier, la petite qui s'approchait du bassin. L'eau était verte, et il y avait des sortes de longs cheveux qui flottaient à la surface. Elle voulait y plonger ses deux mains, voir si le vert de l'eau et le vert des longs cheveux pouvaient aussi tacher ses doigts. Mais quand elle était ressortie de l'eau, elle n'était pas verte, elle était toute bleue, et il n'y avait que les longs cheveux qui s'agitaient encore dans l'eau.

On me racontait les intrigues du père de mon père, « le dernier des salauds », crachaient ses enfants. Je ne l'ai jamais connu mais, petite, j'imaginais un grand type avec de grandes mains, de grands pieds, de grandes dents et une grande cicatrice sur le ventre. Le dernier des salauds était pourtant un petit homme séduisant qui, sur les photos découvertes plus tard, avait toujours un bras affectueux passé autour des épaules de son fils. Mon père balayait l'air de la main. « Je venais sans doute de lui donner de l'argent. » Le fils du dernier des salauds était un bon à rien et un raté, sauf quand il pouvait aider son père à financer ses coups et ses affaires à l'étranger. Et au passage subvenir aux besoins de belles-mères aux accents marqués et aux chevelures sombres, et qu'il ne rencontrerait jamais.

On me racontait les années passées par mes parents à m'attendre, onze ans de mariage en tout.

On me racontait encore beaucoup d'autres histoires, et elles s'imprimaient dans ma tête comme un grand film dont j'aurais été à la fois actrice et spectatrice.

J'en étais donc là de mes pensées quand les images de ma mère sont arrivées devant moi. « Je les avais oubliées, ces photos. » Elle a tendu la main pour les prendre. Il lui a fallu peu de temps pour remettre les événements dans l'ordre, pour calculer qu'elle avait vingt et un ans précisément à l'époque et des pantalons gris au niveau des ourlets, gris de la saleté des rues et des couloirs du métro, la petite provinciale montée à Paris pour suivre des études de traduction.

Sa chambre se trouvait au dernier étage d'un foyer de religieuses, le seul loyer que ses parents pouvaient se permettre de lui financer. Elle partageait sa chambre avec une étudiante en histoire de l'art pâle et mélancolique. Dans le foyer, seul l'imposant escalier principal n'avait pas été refait à neuf, il semblait craquer plus fort la nuit, il semblait les surveiller. La journée, ma mère allait en cours à la fac et travaillait aussi, pour se faire de l'argent.

Elle racontait, les photos à la main, tandis que mon père s'agitait à côté sans écouter, il faisait tinter ses clés dans la poche de sa chemise, voulait savoir à quelle heure serait le déjeuner, s'il pouvait déjà ramener la voiture pour charger des cartons. Comme à chaque fois qu'il était question d'un épisode de la vie de ma mère auquel il n'appartenait pas, il montrait un certain effacement, pour mieux souligner peut-être sa propre absence dans le récit. Il n'aimait pas penser à sa femme comme à une autre personne, c'est ainsi que ma mère l'interprétait et qu'elle cessait désormais de s'agacer.

Je l'ai obligée à reprendre. Je connaissais l'histoire de ses années à Paris, elle m'en avait déjà fait le récit mais, ce jour-là, il s'agissait d'autre chose, ce jour-là, il fallait arriver jusqu'à ces photos, jusqu'au *pourquoi* et jusqu'au *où* de ces images de ma mère posant pour quelqu'un.

Elle a repris. Elle a reparlé de sa bande de copains d'alors, qu'elle ne voyait plus maintenant, ou seulement tous les dix ans, sous les néons de salles des fêtes faisant ressortir les plis dans le dos, sous les soutiens-gorge, et les taches roses sur la peau, là où il y avait des cheveux. Elle a reparlé aussi de l'étudiante en histoire de l'art, de leur amitié forcée dans cette petite chambre qui ne devait pas faire plus de quinze mètres carrés. L'étudiante en histoire de l'art entretenait une correspondance avec un prisonnier accusé d'avoir étranglé des jeunes filles. Elle avait vu un jour son visage à la télévision et elle était tombée amoureuse de ses yeux bleus.

Elle a reparlé des veillées trop longues au foyer, auxquelles elle était obligée d'assister. Pendant le carême et à Noël surtout. Pour ne pas s'endormir, elle comptait les carreaux par terre ou les corps dénudés aux murs.

Ma mère s'ennuyait à la fac. Elle s'ennuyait dans ses petits boulots. Vendeuse de glaces à Montmartre. Standardiste dans un cabinet vétérinaire. Représentante en porte-à-porte pour une marque de pilules amaigrissantes. Garde d'enfants, garde d'animaux, garde de vieux, garde de manteaux dans des soirées trop bruyantes. Elle ne savait pas ce qu'elle voulait faire de sa vie. Tout lui donnait l'impression d'être une mauvaise copie de ces filles qu'elle observait dans la rue, ces filles qui lui donnaient toujours l'impression de savoir mieux exister qu'elle.

C'est à cette époque qu'elle avait rencontré mon père et qu'elle s'était autorisée à imaginer autre chose pour son avenir. Elle avait convaincu ses parents de la laisser partir aux États-Unis pour six mois et de mettre en pause ses études de traduction. Là-bas elle avait été accueillie par une famille à Rochester, dans l'État de New York. Elle avait été la *nanny* de deux enfants de quatre et six ans. Et elle avait aussi posé pour la firme Kodak pour gagner de l'argent. Les photos venaient de là, des séances où elle avait été mannequin pour eux.

À ce moment nous avions toutes les trois les portraits dans les mains, ma mère, ma grand-mère et moi. Un bruit de portière nous est parvenu du dehors. Mon père chargeait des cartons dans la voiture, sans cérémonie. Ma grand-mère s'acharnait à essayer de les compter depuis la fenêtre. Il y avait quelque chose d'étrange à se dire qu'ils allaient bientôt cohabiter dans la cave de mes parents avec ceux que j'avais laissés il y a trois ans, à mon départ de France. *Il faudra bientôt les rouvrir*, j'ai pensé. *Mais pas tout de suite*, j'ai pensé aussi.

En regardant les cartons, je me suis demandé si les objets avaient une mémoire des choses, s'ils pouvaient vraiment embrasser les mêmes fonctions après avoir été aimés dans un endroit puis déplacés ailleurs.

Les objets ne sont pas si différents des humains, j'avais lu un jour (à moins que ce ne soit l'inverse ?).

Ma mère avait été une « Shirley », c'est ainsi qu'elle résumait les choses. Un mannequin employé pour réaliser des tests chromatiques en laboratoire. En l'occurrence, ses portraits avaient servi pour la commercialisation d'une nouvelle imprimante Kodak l'année suivant son séjour aux États-Unis. « 1973 donc », elle a compté. Impossible de se rappeler le nom de l'imprimante, toute une partie technique lui échappait de toute façon.

La première fois qu'elle avait mis les pieds dans le studio photo de Kodak, on lui avait désigné un portant avec des vêtements. Il y avait aussi un casier avec des bas, des collants, des escarpins, des bijoux. Une paire de collants était restée roulée en boule, dans une chaussure, comme si la fille qui les avait portés était partie précipitamment. « Maddie, la Shirley avant toi. » Andrew Turner avait haussé les épaules. « Derrière elle, c'était toujours le bordel. »

On lui avait bien expliqué : le plus important était de créer du contraste. Robe blanche, gants noirs, bracelet de perles, le bas, ça ne servait pas à grand-chose car on ne la verrait que jusqu'à la poitrine mais, pour l'esprit, il valait mieux porter des collants et aussi des escarpins. Ça l'aiderait dans ses poses. Les chaussures étaient trop grandes, elle devait mettre un demi-bas au bout pour ne pas les perdre. C'était Andrew qui était chargé de la prendre en photo, c'était Andrew qui lui montrait tout. Lors de ces séances, elle croisait aussi des chefs opérateurs, des techniciens, des ingénieurs, des secrétaires, tout un monde qui évoluait chaque jour dans le bâtiment où elle devait se rendre plusieurs fois par semaine.

« Il faut voir les choses comme ça, résumait Andrew, ton portrait va servir de référence chromatique. Pour cette nouvelle imprimante qui va être vendue auprès des labos de développement photo un peu partout aux États-Unis et au Canada, on a besoin de s'assurer que les futures photos qui seront tirées avec seront bien réglées, de qualité, qu'elles présenteront les bonnes couleurs et pas des couleurs approximatives, trop jaunes, trop grises, trop foncées, tu vois le truc. Quand on vend une imprimante, on envoie en même temps une espèce de mode d'emploi. À côté, on envoie aussi un négatif et un tirage couleur de ton portrait. Ils vont servir de preuves quand les types vont installer et régler la machine dans leurs labos. Quand ils imprimeront leurs photos avec, ils pourront vérifier, en imprimant aussi le négatif de ton portrait, que les couleurs des photos de leurs clients seront bien conformes à la réalité. Si, à l'impression, ton portrait est bien conforme au modèle qui était dans le mode d'emploi, c'est-à-dire que tes cheveux, ta peau, ta robe, le fond, apparaissent dans les bonnes teintes, ils pourront aussi être assurés que les couleurs sur les photos de leurs clients sont justes. »

Andrew parlait si vite… « C'est mon accent qui fait ça. Dakota du Nord, tu vois où c'est ? C'est de là que je viens. À la frontière du Canada. » Il avait souri. « Je vais faire attention. » Il expliquait plus lentement après, il s'assurait qu'elle comprenne, c'était important qu'elle se sente bien dans le studio. Et « sur ce tabouret surtout », il avait désigné le siège en bois. Il faudrait réviser sa hauteur, Maddie avait de plus grands pieds mais aussi de plus grandes jambes. Il lui avait proposé un café ou un soda. Elle avait dit : « Un verre d'eau, c'est très bien. » Elle l'avait bu à toutes petites gorgées, pendant qu'Andrew continuait de parler. Le goût métallisé dans sa bouche lui avait rappelé l'appareil photo braqué sur elle.

Il était plus facile d'évaluer la justesse des couleurs sur une personne que sur un objet. « L'œil, a répété Andrew plusieurs fois, l'œil peut être trompé. Un rideau peut apparaître bleu à l'œil, mais le tromper parce qu'il n'est pas "juste bleu". Être "juste bleu", ça n'existe pas. D'ailleurs, les couleurs n'existent pas. Rouge, jaune, vert… Il n'y a pas de couleurs, il y a seulement des variations de lumière. Les couleurs, ce sont seulement des concepts inventés pour traduire du sensible. » Andrew faisait des grands gestes, son appareil à la main. Il semblait à peine plus âgé qu'elle. Il avait en fait trente ans. Elle l'apprendrait plus tard. « Ce qui va aider à déterminer que les rideaux ne sont pas "juste bleus" mais "bleu scarabée" ou "bleu égyptien", c'est la Shirley. L'œil peut mieux évaluer si un être humain présente des couleurs normales que si on lui présentait un chat ou une pomme. »

Il y avait une autre Shirley qui posait devant l'objectif d'Andrew, « Anita, il avait précisé, pour que vous puissiez alterner et souffler de temps en temps. Les séances sont dures. Il faut que chaque photo de nos Shirley soit parfaite. On a autant de photos à tirer que de clients qui nous passent commande, chaque photo de Shirley est unique, originale, tu comprends. Anita travaille ici, elle est secrétaire, mais ailleurs, dans le bâtiment de couchage des émulsions. » Et, effectivement, ma mère avait rencontré Anita une fois. Elle était grande et fine et brune comme elle. C'est par elle qu'elle avait appris qu'on l'avait baptisée au bout de quelques semaines « Frenchie Shirley ». Elles avaient partagé une cigarette dehors, à l'entrée du bâtiment. Anita buvait une canette de Coca lentement. Elle allait bientôt se marier. Son fiancé était un ingénieur en optique chez Kodak. « Frenchie Shirley », le rire d'Anita avait quelque chose de doux et d'aigu à la fois, « tu auras été une Shirley spéciale, un surnom rien que pour toi. »

« Là, je te parle d'une imprimante, avait poursuivi Andrew, mais on a besoin de faire des tests pour à peu près tous nos produits, nos nouvelles pellicules, nos films… La technologie évolue tellement vite. »

Il passait sa main dans ses cheveux, pour les aplatir sur le devant. Ils étaient un peu ondulés et noirs.

Comme pour rattraper sa dernière phrase, qu'il avait dite un peu trop vite, il avait de nouveau bien articulé : « OK, Shirley, tout est clair pour toi ? »

« Shirley », ma grand-mère a répété plusieurs fois ce prénom, qu'elle associait depuis toujours à la fillette aux boucles blondes de la chanson *Animal Crackers in My Soup*. Une « Shirley », un prénom pour désigner une fonction. « "Mannequins pour des techniciens de l'image", ça aurait été plus long et compliqué à dire », les doigts de ma mère ont fouillé la boîte. Il y a eu un bruit de papier froissé. Toutes ces filles devant l'objectif, appelées par ces deux mêmes petites syllabes.

« C'est quand même drôle », a dit ma grand-mère avant de prendre la boîte à chaussures et de se mettre à fredonner :

Animal crackers in my soup
Monkeys and rabbits loop the loop
Gosh, oh gee ! I have fun
Swallowing animals one by one

Après cette expérience et son retour en France, ma mère avait uniquement posé pour des publicités locales. Et une fois pour un couturier de la région, lors d'un défilé. Ma grand-mère avait conservé des coupures de journaux quelque part. J'avais le souvenir d'une page qu'elle m'avait montrée un jour et de la déception que j'en avais ressentie. C'étaient quelques minutes avant le défilé. Le photographe avait pris un cliché de la silhouette de ma mère, de dos. Une femme était penchée sur sa hanche, les mains dans le tissu de sa robe. Ma mère tournait légèrement la tête sur le côté mais pas assez pour qu'on puisse voir son visage. La tache blanche de son dos nu envahissait l'image.

« Moi, j'aurais rêvé d'être Shirley Temple », a soupiré ma grand-mère dans son coin. Elle s'est mis ensuite en tête de frapper les coussins du salon pour en faire ressortir la poussière.

Mon père a gratté à la porte. La voiture était pleine. Il faudrait revenir une prochaine fois pour prendre les derniers cartons. Il était accompagné d'une personne que j'ai reconnue comme la petite-fille d'amis de mes grands-parents. Enfant, je jouais avec son frère et elle pendant les vacances. Elle avait le même âge que moi. Aujourd'hui, elle travaillait dans une agence immobilière, et c'était elle qui allait s'occuper de la mise en vente de la maison. On s'est souri un peu maladroitement. Elle a tiré sur son pull trop court pour dissimuler son ventre tendu par une grossesse.

« Et votre autre petit, il va bien ? » Ma grand-mère s'est approchée d'elle, un coussin encore contre son ventre. Son visage s'est éclairé, comme à chaque fois qu'il était question de naissance ou d'enfant. L'aîné de l'agente immobilière avait deux ans, et sa mère a rougi d'émotion au moment de nous montrer des photos de lui sur son portable.

« Si tu restes encore un peu, tu pourras retourner jouer avec elle », m'a dit ma grand-mère après son départ. Elle avait fait une pile avec tous les coussins par terre. La pile menaçait de s'effondrer. « Une gentille fille, cette petite. Dommage qu'elle s'acharne à se faire vomir pour plaire aux garçons de l'école. »

Je l'ai embrassée très fort sur les joues, je lui ai dit que malheureusement je devais rentrer à Paris, que la voiture était déjà prête mais qu'elle n'avait pas à s'inquiéter, ma mère allait rester avec elle. Elle a hoché la tête. Un petit sourire s'est dessiné sur son visage et elle a continué à chanter :

Animal crackers in my soup
Monkeys and rabbits loop the loop
Gosh gosh I have fun
Swallowing animals one by one

gris perle.

« Je n'entends pas. »

La musique était trop forte. Je voyais seulement les lèvres du garçon remuer. Sa bouche était rouge à cause de la lumière au-dessus de nous, dans le couloir.

« Je dis, tu laisses toujours passer les gens devant toi dans les files, sans protester ? »

La tête me tournait un peu. Le garçon portait un pull bleu, ou noir, avec la lumière, difficile à dire, qui faisait des peluches aux coudes et sur la poitrine. J'ai été prise d'une envie soudaine de les détacher une à une avec mes ongles.

La porte des toilettes s'est ouverte. Une fille en est sortie. Elle avait des bouts de papier toilette mouillé dans les cheveux. Des traces d'eau maculaient le sol, et il y avait des taches roses sur la cuvette. Elle a dit pardon, elle a titubé.

Le garçon s'est écarté brusquement de la file. Les cheveux de la fille dégageaient une odeur aigre. J'ai fait barrage au garçon et je lui ai pris sa bière des mains.

« Si tu y vas quand même, je te paie ton prochain verre. » La musique m'a empêchée d'entendre son rire. J'ai vu sa bouche se désarticuler, se rapprocher de ma joue. Il a dit que j'étais folle, il a dit aussi « d'accord » et il a poussé la porte des toilettes. Des mots se détachaient sur la peinture écaillée, « Ni dieu ni mec », en dessous « Appelle-moi, tu changeras d'avis », avec une rangée de pénis et un numéro de téléphone.

Les pénis ont sursauté quand le garçon au sourire rouge est réapparu.

J'ai fini sa bière devant lui.

J'ai rejoint les autres au fond du bar. Les lumières se diffractaient sur les murs. J'ai visualisé Alma de loin. Mes cheveux étaient lourds et humides sur ma nuque. J'ai pris l'élastique à mon poignet pour les attacher, mes doigts sentaient la cigarette. Les personnes autour de la table étaient les mêmes qu'il y a trois ans, avant mon départ. Mais si je devais distinguer les vraies amitiés de celles qui n'en étaient plus derrière ces visages, je devais m'en tenir à Alma, à ses traits fiers de reine portés par un corps puissant, le même depuis nos quatorze ans et qui lui valait alors le plus terrible éclat. Alma la reine incomprise. Devenue Alma la petite femme, Alma la pute, Alma qui allume les garçons, Alma qui a ce corps et qui ne devrait pas. Alma la reine renversée.

Si la mémoire des lieux et des périodes les plus sombres de notre passé peut parfois nous faire défaut, je n'ai pas cru Alma le jour où elle m'a annoncé quitter la fac de lettres pour devenir enseignante d'anglais dans le secondaire. Elle a toujours nié que ce soit une revanche. Je crois surtout qu'elle est aussi folle que moi et que c'est cette folie qui nous lie.

Les verres se sont enchaînés pour me fêter. Le récit que les autres faisaient de mon absence me laissait une impression étrange. Il me fallait le regard d'Alma, pardessus la table, pour m'aider à les écouter. 2 h 25 à mon portable. J'ai pensé à Azhar et Faten, leur balcon vide et silencieux à cette heure, la nuit tombée sur Tunis. J'ai observé de loin le garçon au sourire rouge évoluer dans la foule. J'ai repris une gorgée de mon verre. J'ai détaché mes cheveux, mes doigts sentaient toujours la cigarette. Quelqu'un a parlé de rejoindre d'autres personnes ailleurs. Alma est venue me prendre la main. Je ne savais pas quoi dire, alors j'ai dit oui.

La première fois que j'ai vu Azhar, il avait le corps gonflé de lumière. Il se trouvait sur la terrasse d'un vieil immeuble de Tunis. Sa façade s'effritait, les volets des fenêtres étaient fermés. J'ai tendu l'oreille pour saisir les sons sur lesquels il dansait mais je n'ai rien entendu. Seulement le bruit des klaxons et l'agitation qui montaient de la rue, en dessous de nous. Il n'était que 8 heures et il dansait, son corps trop grand pour lui, qui menaçait déjà d'éclater de soleil. J'étais arrivée depuis deux semaines en Tunisie et j'avais un goût de café amer dans la bouche. Celui des premiers cafés qu'on ne sait pas commander.

Souvent, Azhar était rejoint sur la terrasse par sa femme. Faten était chorégraphe, comme lui. Elle avait de grands dessins de fleurs tatoués sur le dos. « Les fleurs que je n'ai pas vues fleurir à la Révolution », elle m'a confié un jour. Quand Faten dansait, les fleurs s'agitaient avec elle dans le soleil. De mon bureau, je les regardais respirer.

Faten et Azhar habitaient en face de l'institut culturel pour lequel j'avais commencé à travailler. Le jour où je suis arrivée, on m'a fait patienter dans l'entrée, à côté du scanner et des portiques de sécurité. Il a fallu repasser plusieurs fois sous la structure métallique. Le scanner et les portiques étaient nouveaux, et les hommes à l'accueil n'étaient pas habitués. Ils avaient été installés à cause des « événements » de ces derniers mois, à comprendre le Printemps arabe et la fuite du dictateur Zine el-Abidine Ben Ali. J'apprendrais très vite qu'on disait « les événements ». Ou, dehors, juste « la Révolution ».

Un chauffeur de taxi me l'avait répété, en me déposant pour la première fois en haut de l'avenue Bourguiba. « C'est ici, dans la rue, qu'a eu lieu la Révolution. C'est ici qu'on a dit "dégage" », et il avait agité son poing devant moi. Un sapin rouge dansait à son rétroviseur et les jointures de sa main étaient devenues blanches.

On parlait en « avant » et en « après ».

On disait « avant le 14 Janvier » et « après le 14 Janvier ».

« Avant le 14 Janvier, il y avait un grand portrait de Ben Ali », le chauffeur avait tendu le doigt vers un panneau le long du trottoir, « la main sur le cœur, comme ça il était, devant le drapeau tunisien », il avait lâché son volant pour me montrer, remis correctement le sapin au passage. « On ne lui a pas coupé la tête comme vous en 1789, mais avec la Révolution on a quand même gagné la liberté. On ne sait pas où on va, mais au moins maintenant on est libres. »

L'institut se trouvait dans un bâtiment un peu austère. Le directeur m'a reçue dans son bureau, au dernier étage. Il s'est assuré que j'avais fait bon voyage et que ma nuit à l'hôtel s'était bien passée. Il parlait beaucoup. Il était très content de mon arrivée. Comme lors de mon entretien au téléphone, il a répété qu'il y avait beaucoup à faire ici. J'allais être chargée de la coordination d'événements culturels dans le domaine du spectacle vivant et des arts plastiques. À un moment, il s'est arrêté pour me redemander mon âge. J'ai senti que je paraissais sans doute plus jeune encore que ce à quoi il s'attendait. Je me suis redressée sur ma chaise. J'aurais aimé avoir une voix plus grave, une pose plus affirmée. Il a repris. Il a dit que, depuis les événements, la société civile tunisienne était en pleine ébullition, que le nombre d'associations culturelles avait explosé, qu'il y avait beaucoup d'énergie, beaucoup d'envies, d'initiatives, de volontés mais qu'il nous fallait aider à organiser et structurer *tout ça*. Il a dit « tout ça » en agitant une main en l'air. Il m'a présentée à toute l'équipe, à une assistante de service qui serait là pour m'épauler, il m'a montré le bureau dans lequel j'allais travailler. Il m'a serré la main une nouvelle fois. « Bienvenue en Tunisie. Je suis sûr que vous serez très heureuse ici. »

J'épiais Faten et Azhar depuis plusieurs semaines lorsqu'on m'a présentée à eux, un soir. Je me souviens d'avoir beaucoup parlé, dans une tentative maladroite et désespérée de cacher mon malaise. À les admirer de loin, j'en avais fini par les considérer comme deux corps évoluant dans un espace-temps différent du mien. Azhar m'avait écoutée avec attention, la tête penchée. Il souriait à chacune de mes phrases. Faten était absente à la conversation, sur son visage je lisais qu'elle aurait voulu être ailleurs. J'avais entendu des collègues parler dans les bureaux. Azhar était *gentil*, Faten, *spéciale*, selon eux. Le lendemain de notre rencontre, je les avais regardés danser de nouveau sur la terrasse. Ils semblaient plus réels, tout à coup, dans la lumière, plus même que la petite liasse de billets que j'avais tendue à mon nouveau propriétaire.

M. Younes, comme il me demandait de l'appeler, était une connaissance de connaissances, qui insistait pour que je le paie en euros, en échange de quoi il me faisait un prix sur l'un de ses appartements, situé en plein centre-ville, dans le quartier Lafayette.

Sur les murs, des rectangles pâles rappelaient la présence de tableaux et de photos de famille disparus. Une coiffeuse énorme, aux détails et boutons dorés, siégeait dans la chambre.

Je n'avais pas le droit d'accéder à une petite pièce, au fond de l'appartement. M. Younes en gardait la clé.

J'ai passé des semaines à m'interroger sur ce que dissimulait la pièce interdite. Je croyais même y entendre des bruits sourds quelquefois.

Le conte a pris fin le jour où M. Younes et sa femme ont débarqué avec de grands sacs vides et ouvert la porte. De simples piles de vêtements, des lampes, des cadres et de la vaisselle étaient apparus dans ce qui semblait être une ancienne chambre d'amis, et avaient été chargés dans le coffre de leur voiture. « On vit déjà des histoires rien qu'à les imaginer », avait commenté Azhar lorsque je le rencontrai pour la deuxième fois et lui parlai de la pièce interdite dans un nouveau flux de paroles incontrôlé.

Les matins suivants, Azhar me faisait un signe de la main depuis sa terrasse, avant de se mettre à danser.

J'étais partie de Tunisie sans plans, à part celui de ne pas refaire les mêmes erreurs que là-bas. Je devais loger chez Alma le temps de trouver quelque chose.

À mon arrivée, elle m'a ouvert la porte, ses bras autour de moi, me projetant des années en arrière. À quatorze ans, ses cheveux fous dans ma figure, qui dessinaient des taches derrière mes paupières, jaunes, roses, bleues, rousses, odeur aigre de mauvais shampooing colorant, odeur si lointaine déjà. À dix-huit ans, ses cheveux ont plongé dans un bain sombre et pris pour toujours la même couleur que les miens.

D'Alma, je gardais toujours en tête l'image de son pied, coincé sous la porte des toilettes du collège. Un code pour me signifier sa présence et m'assurer que personne ne viendrait profiter des verrous cassés pour me surprendre. « Tu as des pieds bizarres », je lui répétais pour l'agacer. « Et toi, quand tu pisses, ça fait le même bruit qu'un garçon », elle répondait invariablement, puis nous échangions nos rôles et nos répliques.

Au collège, nous étions un groupe à nous deux. *Alma la pute et sa copine.* « C'est nous deux contre le reste du monde », je lui avais fait un jour la promesse tandis qu'elle pleurait devant un mur défiguré à son nom. Je crois même que nous avions alors craché dans nos mains.

Tant qu'à être traitée de tous les noms à cause de son apparence, Alma expérimentait les relations les plus courtes qui soient. Jusqu'à une soirée où elle m'avait raconté avoir rencontré un garçon au regard étrange. « Étrange comment ? » Elle était incapable de me l'expliquer. La première fois où je l'ai vu, il m'a semblé tout à fait normal, tellement normal que j'ai dit à Alma que c'était peut-être elle la plus étrange des deux. Et un jour j'ai compris, alors que le garçon avait un bras passé autour de la taille de mon amie et que nous étions à la veille d'être séparées pour tout l'été. Pour la première fois, Alma pouvait oublier son corps sous ce regard.

C'était ce même garçon qui m'avait présentée un après-midi à Alessandro, le fils de ses voisins. Nous étions au lycée, et le bac de français venait de se terminer. Dans le jardin du beau-père d'Alessandro, les chaises longues avaient laissé des traces sombres sur la pelouse jaunie par la chaleur. Nous les avions déplacées autour de la piscine. Des joints passaient de lèvres en lèvres. Nous avions plongé nos jambes dans l'eau froide. Alessandro portait deux bracelets autour du poignet droit. Ils frottaient contre mon bras lorsqu'il m'a emmenée dans la cabane de rangement des affaires de piscine, au fond du jardin. Alors tout s'était passé très vite. Pour la première fois, j'avais senti un corps étranger contre le mien, et les râles d'Alessandro étaient venus se mélanger à ceux de la pompe à filtration. À la fin, il m'avait tendu une serviette de bain et était sorti rejoindre les autres. J'étais restée quelques minutes sur la banquette, le sexe douloureux. *C'est fait*, je me répétais, *c'est fait c'est fait c'est fait*, et la phrase avait allumé une petite lumière dans ma tête. Quand je m'étais relevée, ma culotte était tombée sur un magazine où un homme rond, aux cheveux d'un blond presque blanc, répondait aux questions d'un journaliste. J'apprendrais, plus tard, que cet homme s'appelait Boris Johnson. « Maintenant dès que je pense au Brexit, j'ai mal en bas de mon corps », je confesserais un jour à Alma, et nous ne pourrions pas nous arrêter de rire.

Le garçon, qui passait son bras à l'époque autour de la taille d'Alma, était toujours là. « Ne fais pas attention au bazar », il m'a dit en me tendant tout de suite un verre de vin.

Alma a demandé des nouvelles de mes parents, de ma grand-mère, de Faten et Azhar aussi. J'imaginais son soulagement à me savoir désormais loin d'eux, revenue à elle, à la Alma que j'avais toujours aimée et considérée en premier, avant tous les autres.

Nos verres se vidaient en même temps que la lumière déclinait et plongeait la pièce dans une semi-pénombre. Je les regardais tous les deux, appuyés l'un contre l'autre sur le canapé. À quatorze ans, nous pensions ne jamais vieillir. Aujourd'hui, je doutais même d'avoir eu un jour cet âge.

En défaisant mon sac, je suis retombée sur les photographies de ma mère. J'en avais dérobé quatre. Ma mère avait conservé les autres. Je les ai regardées longuement, les coudes enfoncés dans le matelas qu'Alma avait sorti pour moi. *Shirley*. La langue de ma mère s'était positionnée d'une certaine façon dans sa bouche pour prononcer « *Sheurli* ». L'anglais dans lequel elle avait vécu cette histoire avait resurgi alors. *A Shirley is a model of sorts, posing to help technicians establish accurate flesh tones.* C'était la définition que j'avais trouvée sur Internet. « *Sheurli* », je me suis obligée à répéter moi aussi. Sur l'écran, des images de jolies jeunes filles s'étaient affichées, des visages souriants, posant comme ma mère devant des murs gris. Parmi elles, ma mère était là.

Elles se ressemblaient toutes, elles auraient presque pu être sœurs.

Elles formaient une grande famille, un peu étrange et lointaine, qui ne s'était peut-être jamais encore révélée à elle-même.

Et si j'étais la fille de l'une d'elles, je devais moi aussi d'une certaine façon me sentir reliée à elles.

Mes parents n'étaient pas tombés amoureux au premier jour de leur rencontre. J'avais appris à répéter ces mots de la même façon qu'eux. Comme beaucoup d'autres, ils s'étaient connus pendant leurs jeunes années. Comme beaucoup d'autres, ils avaient partagé les mêmes amis, les mêmes soirées, les mêmes espaces, les mêmes aventures, ces jours surtout dans une forêt de l'Eifel, à dormir sous une pluie jaune, le ciel usé par un automne sans fin, les tiques qui dessinaient des taches grenat sous leurs peaux, l'allemand qu'ils ne comprenaient pas… Ils racontaient l'histoire, et chaque fois c'étaient les mêmes mots, les mêmes développements, chaque fois je pouvais moi aussi sentir l'odeur trouble des lacs là-bas, de la terre mouillée et des feux éteints par la pluie.

Entre eux, il n'y avait pas eu *le regard*, il n'y avait pas eu *le moment*, ils en étaient venus à croire que c'était ce qui les rendait différents des autres, et j'en étais venue à le croire aussi.

Dans leur histoire, il n'y avait pas eu un ciel d'orage au-dessus de leurs têtes à leur premier baiser, mais le dôme fatigué d'une petite tente orange volée par mon père dans un vide-grenier.

Ils s'étaient embrassés et ils avaient oublié.

Ils s'étaient une dernière fois baignés dans le lac, avaient replié leurs affaires et avaient repris la bagnole avec les copains qui ne pouvaient rien dire, car ils n'avaient rien vu.

C'est seulement plusieurs mois après que tout ça, leurs lèvres qui s'étaient rencontrées par hasard, avait resurgi. Cette fois, ils n'étaient plus entourés par les grands sapins humides de l'Eifel, mais par les lumières hypnotiques d'une salle de concert. Tangerine Dream en tournée en Europe. Edgar Froese, Christoph Franke, Johannes Schmoelling, les trois réunis sur scène, concentrés sur leurs claviers, tellement habités par leur son que le public semblait ne pas exister.

À la sortie, ils les avaient guettés parmi un tas d'autres gens, histoire de pouvoir les approcher. Ils étaient comme des dingues, mon père surtout, qui avait préparé tout ce qu'il voulait dire à Edgar Froese. En anglais, il se répétait les mots encore et encore, et peut-être même que ma mère l'avait aidé, lui avait confirmé, pendant qu'ils patientaient dans le froid, « oui on dit bien *recording*, on dit bien *drum*, *influential*, c'est le mot que tu cherches ».

Mais il n'avait pas eu le temps de parler, ou seulement quelques mots, parce que les trois devaient déjà partir, une voiture les attendait. Edgar Froese avait posé une main sur l'épaule de mon père. Il hochait la tête, sa tête qui paraissait énorme sous sa tignasse blonde, ce blond presque faux qui ajoutait encore un peu plus de lumière à celle qu'on lui collait déjà. Il avait dit merci, il avait dit « *thanks, man* » plusieurs fois, à un autre type aussi qui était là, un ami de mon père qui avait assisté au concert, puis Edgar Froese avait vu ma mère.

La voiture attendait toujours, ça s'impatientait autour d'eux, ça gueulait.

Il lui avait demandé quel était son prénom. Il avait souri quand elle lui avait répondu. Il avait dit que c'était un joli prénom, qu'il était content qu'elle ait pu assister au concert. Et il s'était engouffré dans la voiture.

Les phrases que mon père avait préparées tournaient encore dans sa tête, mais c'était trop tard, Edgar Froese était parti.

Leurs amis de l'époque disaient souvent que c'était grâce à Edgar Froese que mes parents avaient fini ensemble. La façon dont le musicien avait regardé ma mère, ce soir-là, alors que tous criaient son nom tout autour, que tous l'admiraient avec sa chemise violette, sa veste en cuir, ses cheveux blonds collés en mèches sombres sur sa nuque, à cause de la transpiration, à cause de tout ce feu provoqué par la seule magie de leurs claviers sur scène, c'était la façon dont mon père n'avait jamais pensé à regarder ma mère.

Il avait toujours décrié cette théorie, il avait d'ailleurs cessé d'écouter Tangerine Dream.

Edgar Froese ou pas, mes parents s'étaient de nouveau embrassés ce soir-là et, cette fois, ils n'avaient pas oublié.

La fille sur les photographies était la même que celle que mon père et Edgar Froese avaient vue.

Je la voyais aussi maintenant et je pouvais encore mieux imaginer les lumières de la salle de concert et les flaques sombres sur la chemise violette s'engouffrant dans la voiture aux vitres fumées.

On se laisse avant tout hanter par le début et la fin des choses. Au milieu, il faut chercher, extraire ce qui a fait advenir l'histoire.

Un souvenir qui me revenait de l'une de mes dernières soirées en Tunisie : Faten et Azhar chez moi, avec leurs deux petites filles. Sur la table, leurs lèvres ont laissé une marque blanche au bord de leurs verres. Selma et Nour étaient assises par terre, à découper et colorier des journaux. Une tête en papier de Ghannouchi reposait sur un côté. Des fleurs et des boucles étaient apparues dans sa barbe mais ses yeux n'avaient pas échappé à une terrible crevaison. « Je ne leur ai pourtant rien soufflé », a juré Azhar quand les petites mains de Nour, la plus jeune, sont venues lui porter la tête et que nous avons ri. Lotfi Abdelli n'avait pas connu un sort plus heureux. Emel Mathlouthi et Dorra Zarrouk avaient été laissées presque intactes. La beauté intimide même les enfants.

C'est cette image que je voulais comme fin. Faten et Azhar essayant de me retenir de rentrer en France, leur tristesse emportée avec moi, en même temps que les quelques affaires accumulées là-bas. Peu de choses, à vrai dire. Des bols, des livres, une théière, un cendrier, deux bagues, des flacons d'huile d'argan, une illustration dédicacée de Willis from Tunis. Un chat se plaint d'insomnie à un autre chat qui lui conseille de compter tous les partis politiques avant de s'endormir, l'illustration avait toujours eu sa place dans le salon, dans l'un des rectangles de peinture pâle laissés sur le mur. La tête en papier de Ghannouchi aussi, protégée entre deux pages d'un carnet.

M. Younes était désolé de me voir partir. Avec sa femme, ils sont venus prendre un thé deux semaines avant mon départ. Mme Younes a insisté pour tout préparer. « Laissez-moi faire, allez plutôt rejoindre Kaïs au salon. » Elle avait ramené des pâtisseries qui laissaient des traces blanches sur les mentons. Ils m'ont demandé si je n'avais pas une amie française qui accepterait de reprendre l'appartement. « Avec les Françaises, il y a toujours moins de problèmes. » Mme Younes a levé les mains au ciel, les a frappées l'une contre l'autre pour les libérer de la poudre blanche. Ses bagues ont tracé un éclair d'or dans la pièce. Je leur ai confié ma fascination pour la chambre interdite, au fond du couloir. M. Younes a éclaté de rire, Mme Younes nous a resservi du thé, en même temps que mon téléphone sonnait. Ma mère me donnait des nouvelles de mon grand-père qui avait dû réintégrer l'hôpital pour la troisième fois cette année, sa voix affaiblie à l'arrière « Dis-lui que je l'embrasse », la voix ferme de ma grand-mère, « Change de chaîne, quelle bécasse, celle-ci, on l'a assez vue », la voix de ma mère plus forte encore, « Je n'entends rien, vous pouvez arrêter avec cette télécommande, sinon je sors de la chambre, papa tu tires sur tes tuyaux ».

Un autre souvenir à emporter de cette fin : la *zebiba*[1] sur le front du gardien de mon immeuble. Ce troisième œil dont on m'avait appris à avoir peur, devenu, un soir proche de mon départ, un troisième œil bienveillant. Le gardien était en train de guider une voiture qui tentait de se garer entre une poubelle et un vieux taxi. Il s'est interrompu pour venir vers moi. « *Bech temchi fi Fransa*, tu retournes en France ? » J'ai été surprise d'entendre le son de sa voix. J'ai hoché la tête. Un bras s'est tendu par la vitre de la voiture pour lui donner quelques dinars. Il me regardait d'un air impassible. En trois ans, son regard avait toujours fui le mien, mes *Salam* étaient restés sans réponse. Il se tenait encore devant moi alors j'ai continué, j'ai dit que je partais mais que je reviendrais bientôt, un jour, en visite. Il a fait sauter des pièces de monnaie dans sa main droite. « *Inchallah* », il a articulé enfin et il a ajusté son gilet de circulation orange à l'approche d'une nouvelle voiture. Sa *zebiba* avait la texture d'une noix au milieu de son front.

1. Marque sur le front de certains musulmans due au frottement répété sur le tapis de prière.

Faten et Azhar m'avaient toujours dit de me méfier de lui. « Il n'a pas de barbe mais ne t'y trompe pas, c'est un barbu. » Quelqu'un a jeté un seau d'eau sur le trottoir. *I'm on tonight, My hips don't lie, And I'm starting to feel it's right, All the attraction, the tension.* « *Nam ?* », un homme juste à côté a répondu à son portable. « *Oukhti* », j'ai entendu le gardien appeler dans mon dos. « *Khoudh* », il m'a tendu un sachet d'amandes grillées. « *Hdyia khatrek mechya*, un cadeau pour ton départ », il a dit, le regard toujours aussi impénétrable. J'ai pris le sachet et je l'ai remercié.

À la fin, il faudrait surtout pouvoir tout dire ou tout embrasser d'un coup. J'aimerais croire qu'il existe de telles histoires, aux bordures si nettes qu'elles puissent s'offrir en un seul geste, se raconter par elles-mêmes, en un seul souffle.

Comme une image.

Si l'on considère bien sûr que les images ne mentent pas.

gris souris.

J'apprenais que les photographies de Shirley portaient un nom. On les appelait des « *Shirley cards* », des cartes de contrôle chromatique. Sur Internet, remplacer et agencer les mots dans la barre de recherche était devenu un exercice auquel je ne cherchais pas à donner un autre sens que celui peut-être de remplir mes journées. Alma et le garçon amoureux d'Alma partis la journée, l'appartement était à moi.

Shirley. Photography. Kodak. Chromatic test model. Young women working for Kodak. Colour girl. Model to adjust the colours in photography. Shirley cards. Kodak image technicians. Andrew Turner working in Kodak Rochester.

Je retombais sur les mêmes visages de jeunes filles, cette même étrange famille dont ma mère avait fait partie. Elles étaient presque toutes encadrées par une pyramide de couleurs sur les côtés droit et gauche. Autour des portraits de ma mère, il y en avait douze : blanc, gris perle, gris souris, asphalte, brun, noir, rouge, orange, jaune, cyan, bleu, vert.

« Le tout est de créer du contraste », Andrew Turner avait désigné à ma mère le portant de vêtements. Il fallait que le spectre de couleurs soit le plus large possible sur les photographies pour permettre un juste réglage de toutes les réalités chromatiques au moment du développement.

« Je me souviens que les gants que je devais porter étaient en velours », ma mère avait eu ce geste d'enserrer sa main gauche avec sa main droite et de la faire remonter jusqu'en haut de son coude. « Noirs, bien sûr, parce que la robe était blanche. Toujours cette histoire de contraste. » Sa main droite était venue gommer ensuite le gant qu'elle avait dessiné dans les airs. « Je n'avais pas osé demander à Andrew d'arrêter de les porter. Au bout de quelques semaines, j'avais des petites plaques rouges qui étaient apparues sur les avant-bras. Je ne sais pas si je faisais une réaction à cause du tissu, s'il était peut-être de trop mauvaise qualité. J'avais peur de causer des problèmes, qu'on me renvoie. J'étais donc allée dans une boutique de seconde main pour en acheter d'autres, de longs gants noirs. Sans rien dire, je les avais mis à ma séance suivante avec Andrew. »

La peau du bras gauche de ma mère dépassait de son pull, en même temps qu'elle parlait. Elle avait des petites taches blanches dessus, elle les attribuait au soleil ou au temps, selon qu'elle y était indifférente ou qu'elle en était fâchée. Un jour ce bras avait été tendre et rose et immaculé, elle avait une fois insisté.

« J'enfile donc ma robe, mes escarpins, mes nouveaux gants, je monte sur le tabouret et, là, Andrew m'arrête. Me demande ce qu'il se passe avec mes gants, pourquoi ils apparaissent si brillants. J'ai dû bégayer quelque chose, commencer à mentir, mais à la fin je lui ai tout avoué. Cela allait poser problème au développement, Andrew pouvait le prédire. J'ai dû lui montrer mes avant-bras, tout défigurés parce que je ne pouvais pas m'empêcher de me gratter. J'avais honte d'avoir à les lui montrer. Mais il n'a rien dit, à part qu'il fallait que je me soigne. La séance d'après, de nouveaux gants tout neufs m'attendaient. Je ne sais pas quelle en était la matière, mais ils étaient si doux que, même en les portant, j'avais la sensation que mes bras restaient nus. Les plaques rouges ont disparu, et Andrew a créé une étiquette *Frenchie Shirley* sur un casier pour que ni Anita, ni personne ne les touche à part moi. »

Les « Shirley » avaient été nommées ainsi en référence à la première femme à avoir posé pour Kodak dans les années cinquante. Elle s'appelait Shirley Page.

« Peut-être que je l'ai su », ma mère cherchait dans sa mémoire, « peut-être que j'ai oublié ensuite ». Shirley Page n'était pas mannequin mais secrétaire pour la firme américaine, elle s'était retrouvée à poser par hasard, parce qu'il fallait quelqu'un pour aider à réaliser ces tests. Et puis, quand elle avait quitté Kodak, juste après son mariage, on avait conservé son prénom pour désigner la fille qui l'avait remplacée sur le tabouret, et la fille encore après elle.

Je faisais cliquer ma souris d'une page à l'autre. Les onglets s'ouvraient. Parfois, je m'interrompais pour aller marcher dehors ou fumer une cigarette. Alma et le garçon amoureux d'Alma rentraient le soir et me demandaient comment s'était passée ma journée. Je répondais « bien », je faisais des efforts pour ne pas donner à cette situation un caractère définitif.

« Tu peux rester autant de temps que tu veux », répétait Alma, Alma qui lisait toujours dans mes pensées.

Mon père venait attendre ma mère à la sortie de ses cours. Il lui demandait de lui parler italien contre un baiser. Elle disait *stupido*, elle disait *rompiscatole*, elle disait *polentoni fascisti*, son préféré.

Après le concert des Tangerine Dream, ils avaient commencé à passer le plus clair de leur temps ensemble, et ma mère, quand elle me racontait cette période de leur jeunesse, ne pouvait s'empêcher de tordre sa bouche, une expression entre la tendresse et la mélancolie, quelque chose du temps qui s'était coincé là, en petit feu sec et brûlant et vivace. Quand elle avait commencé à se poser des questions sur ses études, à se dire qu'elle s'était sans doute trompée de voie, le souvenir si vif de cet exercice de mise en situation à l'école impliquant une traduction simultanée à de hauts fonctionnaires de la RFA au sujet de la politique agricole française, *mon Dieu, c'est donc ça qui va remplir ma vie, c'est donc ça qui va me faire sentir vivante, mon Dieu*, mon père l'avait soutenue.

Il n'était lui-même pas très sûr de ce qu'il faisait non plus, de la gestion et de la comptabilité dans des préfabriqués à Saint-Denis où le sol gémissait sous les chaussures et où le soleil cognait fort l'été, mais il était sûr de ce pour quoi il le faisait. Cela ressemblait de près ou de loin à ce que son « salaud de père » avait fait avant lui, monter une boîte d'import-export, mais les intrigues en moins.

Ma mère avait attendu plusieurs mois avant d'aller voir ses parents, avant de leur annoncer qu'elle voulait tout arrêter.

Ma grand-mère n'avait pas réagi à son annonce.

Elle s'était levée pour ramasser consciencieusement les miettes de pain sur la toile cirée avec la petite raclette en argent déteint de la cuisine. Elle avait fait un geste pour lui signifier de soulever ses coudes et elle avait continué de promener le bruit râpeux de la petite raclette sur toute la table.

Ma mère n'osait pas lever les yeux des grosses fleurs bleues de la toile cirée. À l'époque, elles étaient bleues, mais je les avais toujours connues couleur de cendre.

Ma grand-mère s'était enfin rassise. Elle avait massé longuement son front comme pour y trouver les mots qui lui manquaient, qui manquaient aussi à son mari, car bien sûr il ne disait rien, il s'en remettait à sa femme. « Et maintenant qu'est-ce qu'on va faire ? », avait-elle fini par dire. Ma mère avait anticipé ce « on », pas ce « tu », ce « on » qui contenait l'argent que ses parents avaient déjà sacrifié pour ces deux années d'études à Paris, ce « on » qui voulait dire le n'importe quoi, le gâchis, la bêtise, la fille paumée qu'elle était.

Dans ces moments-là, elle était persuadée que ses parents pensaient encore plus à Solange. Solange, la fille chérie, le petit ange parti, avalé par l'eau. Elle y pensait elle aussi, à sa petite sœur. Elle y pensait parce que quelque chose au fond d'elle lui chuchotait que Solange aurait su, Solange ne se serait jamais trompée, Solange aurait été brillante, Solange aurait été parfaite.

Ils avaient réfléchi avec mon père. Ils s'étaient dit qu'elle ne pouvait pas arriver devant ses parents sans un autre projet.

L'idée des États-Unis avait surgi un peu par hasard. Elle avait une amie du lycée qui y avait déménagé avec ses parents et qui lui avait écrit que, si elle le souhaitait, elle était la bienvenue pour venir séjourner quelque temps chez eux. Sur place, elle pourrait facilement trouver un travail de jeune fille au pair. Ils connaissaient une famille de leur quartier avec deux jeunes enfants, qui serait intéressée par une *nanny* française.

Quand ma mère avait dit le nom de la ville, Rochester, mon grand-père était allé chercher le grand atlas mondial, celui que ma grand-mère plaçait toujours à la verticale et de face sur l'étagère de la cuisine, pour donner l'impression qu'ils étaient familiers de ce monde gigantesque et de ses contours, eux qui n'avaient jamais été bien plus loin que la Suisse et que l'Angleterre. Le doigt de mon grand-père s'était arrêté sur une page.

« C'est là. » Rochester, État de New York.

Ils étaient restés un long moment devant l'atlas ouvert, tous les trois suspendus devant ce pays qui ne leur avait jamais paru aussi grand que maintenant, maintenant que ma mère allait y habiter, maintenant qu'elle allait traverser tout ce bleu pour rejoindre ce point minuscule sur la carte, du simple papier transformé soudain en vraie terre, en vraie eau, d'un coup sous leurs yeux.

Ma mère se donnait six mois pour réfléchir à qui elle voulait devenir. Elle travaillerait son anglais en même temps. Si elle décidait de reprendre ses études de traduction, ces six mois ne pourraient être que bénéfiques pour son niveau.

« D'accord, avaient fini par dire ses parents, d'accord, mais on ne te donnera pas un sou. »

Ma mère avait hoché la tête et retenu ses larmes. Elle pensait que ce serait plus dur. Pas à cause de tout ce bleu sur la carte mais à cause de l'argent, à cause de leurs principes, à cause du bon sens, à cause du calendrier, à cause de Solange, à cause de tout le reste.

Tout ce bleu sur la carte, mon père, lui, l'avait mesuré. Quand ils parlaient d'un projet pour elle, il n'avait pas pensé que cela puisse impliquer des milliers de kilomètres entre eux.

« Et si tu rencontres quelqu'un d'autre là-bas ? »

Ma mère avait soupiré, j'imagine, lui avait pris le menton et l'avait embrassé. « *Stupido de polentone fascista.* »

Il y avait beaucoup de regards dans les récits que ma mère m'avait toujours faits de sa jeunesse. Je veux dire, de regards sur elle. Elle avait été beaucoup *regardée*. Elle n'était pas arrogante quand elle le disait, c'était une vérité comme une autre, comme la mort de sa sœur ou son rejet de la petite ville triste et morne et grise qui l'avait vue grandir.

Le regard d'Edgar Froese dans la foule de gens qui criaient

Le regard de mon père, la première fois, à deux centimètres de sa bouche

Le regard de sa mère qui l'avait coincée, à treize ans, pour l'avertir que maintenant elle devait faire attention

Le regard d'un vague cousin, de dix ans son aîné, l'encourageant toujours à venir s'asseoir sur ses genoux

Le regard d'une camarade dans les douches du foyer, le savon blanc encore entre ses seins quand elle s'enveloppait de sa serviette, comme si se laver à côté de ma mère lui brûlait les yeux

Le regard d'une voisine, lui interdisant de dire bonjour à son mari dans la cage d'escalier

Le regard du photographe engagé pour faire la publicité de ce nouveau restaurant dans la région, ma mère à table, une assiette devant elle, le pilon de poulet qu'elle devait tenir devant sa bouche, une fille pouvait être si obscène avec juste un os et un morceau de chair rosé, elle avait appris

Le regard de l'homme qui avait posé les deux mains sur sa gorge un soir dans la rue avant de serrer serrer serrer, avant les cris de ma mère, avant les poings dans le ventre, avant les griffures sur son visage, avant de partir en courant

Le regard des garçons dans les rues, les parcs, le métro, les trains, les boulangeries, les écoles, les night-clubs, les salles d'attente, les mariages, les enterrements

Et tous les autres regards encore qu'elle avait oubliés, dont elle s'était jouée ou qu'elle avait aimés

Son histoire de *Frenchie Shirley* ajoutait encore un autre regard à cette liste.

Dans mes heures passées à errer parmi les visages de ses *sœurs* sur Internet, j'apprenais que le cinéma possédait aussi ses Shirley à lui, appelées « *China Girls* ». Elles étaient employées pour la même chose : la couleur de leur peau, qui servait à harmoniser les couleurs d'un film sur plusieurs plans. D'ailleurs, la *China Girl* s'appelait ainsi à cause de sa peau, aussi blanche que de la porcelaine de Chine, ou peut-être, l'histoire était trouble, à cause des premiers mannequins utilisés dans les laboratoires, de grandes poupées rigides en porcelaine, abandonnées un jour pour des êtres réels aux couleurs nécessairement plus vraies, plus proches du résultat attendu.

Dans une salle de cinéma, à l'extinction des lumières, à l'apparition des premières images du film, la *China Girl* a déjà disparu. Son visage apparaît sur l'amorce de la pellicule et est voué à disparaître au montage. C'est le technicien, dans sa cabine de projection, qui orchestrait sa disparition, dans un geste dont la nécessité technique se doublait parfois d'un étrange élan amoureux. Car les images des *China Girls*, comme celles des Shirley, se collectionnaient. Une fascination érotique régnait pour ces jolis visages anonymes. Entre les mains de celui qui préparait les pellicules, elles étaient un outil séduisant, à la fois proche et mystérieux. Elles étaient contemplées par des inconnus, dans le secret de cabines sombres et étroites, parfois peut-être même accrochées au mur, des figures familières, à qui l'on imaginait une vie, à qui l'on parlait.

En lisant ces lignes, j'ai pensé qu'il faudrait ajouter le regard de ces collectionneurs à la liste des regards de ma mère. Elle avait été beaucoup *regardée* et aussi par des inconnus, de l'autre côté de toute cette étendue bleue qui avait fait peur à mon père, à ma grand-mère et à mon grand-père un jour sur la carte du monde.

Les collectionneurs avaient changé de visages depuis. Ou pas vraiment, disons qu'ils s'étaient multipliés, qu'Internet avait permis ça. Il n'y avait plus seulement des techniciens de l'image, aujourd'hui, il y avait d'autres types qui cherchaient à en savoir plus sur les Shirley. La plupart disait qu'ils avaient entendu parler d'elles dans un article ou une émission, que cela avait éveillé leur curiosité, que leurs visages les avaient accrochés un jour et qu'ils voulaient comprendre qui étaient ces filles. Je parcourais quelques forums. Les pseudonymes étaient exclusivement masculins.

James
Andrew
John
Jim
Bob
Tim
Scott
Adam
Tony
Bill

Avec des chiffres et des signes de ponctuation dans les pseudonymes pour les rendre plus impénétrables.

L'un avait posté le portrait de ma mère sur un forum.

Hottest Shirley for me.

Au téléphone, ma mère avait eu un petit rire. J'imaginais ses joues devenir rouges, ou plus rouges encore qu'elles ne l'étaient déjà. Quand elle marchait vite, son visage se parait de deux arcs, presque violacés, allant de sa tempe à sa bouche et elle marchait très vite justement, quand nous nous sommes parlé ce jour-là.

Elle était en retard. Elle devait rejoindre sa propre mère et, chaque fois, c'était la même crainte. Depuis les premiers bleus sur son ventre et sa tête, depuis qu'elle avait commencé à tomber, il y a un ou deux ans, quelquefois sur le carrelage ou sur le parquet, maintenant qu'il n'y avait plus personne à côté d'elle pour appeler, maintenant que son père était tombé lui aussi, plus bas encore que le sol.

Elle avait cette image de la découverte d'un pied sur les carreaux de la cuisine, ou d'un dos essayant de se relever, qui tournait dans sa tête. Je le savais, parce qu'elle me l'avait dit. Lorsque nous étions encore dans les cartons, à vider la maison de son enfance.

Quelques jours encore et ma grand-mère serait là où elle ne pourrait plus tomber. Ma grand-mère le répétait elle-même, en passant sa main dans ses cheveux. Comme toujours, le coiffeur avait débordé, une ligne de teinture brune courait sur sa peau, le long de son front et de ses tempes.

Quand ma grand-mère était jeune, elle avait les cheveux jusqu'aux reins. La légende familiale voulait que mon grand-père soit allé se plaindre au directeur de l'école, où ils étaient tous les deux instituteurs, qu'elle troublait les autres par son apparence inconvenante. Ma grand-mère avait débarqué comme une furie dans sa classe, l'avait obligé à présenter ses excuses, à avouer qu'il était peut-être le seul qu'elle troublait réellement. Trois mois plus tard, ils étaient mariés et ma grand-mère était enceinte de ma mère.

Inconvenant, ma mère avait aussi prononcé ce mot lorsque le sujet des forums, *discussion started by Walter6-64, JoandSpinoza, Richard O, PhilfromTexas, James Radfield000,*

I wonder, anyone please ??, thanks for your answer, etc., était venu sur la table. Avec une interrogation dans la voix et un peu de surprise d'avoir seulement trouvé le terme *inconvenant* pour me demander s'il n'y avait rien de sale dans tous ces messages échangés sur les Shirley et donc sur elle.

Mais les commentaires des « collectionneurs » ne tenaient jamais de l'insulte ou de la pornographie, bien plutôt d'un intérêt bienveillant, presque amoureux. Ils s'interrogeaient comme des hommes à propos d'une belle et mystérieuse voisine dont ils auraient découvert un jour l'existence par la fenêtre de leur salon.

Le souffle de ma mère s'était ralenti au téléphone. De soulagement et aussi parce qu'elle était arrivée à la maison et qu'elle n'avait pas trouvé sa mère sur le carrelage mais assise à la table de la cuisine. Elle trempait des petits radeaux de pain à la confiture dans son café. Il était 16 heures et, en son absence, elle avait épluché toutes les pommes de terre de la réserve. J'ai entendu ma mère pousser un *bah* de surprise, s'agacer, compter trois bassines et deux assiettes sur la table, « à quoi ça va servir, on est bonnes pour la semaine », ma grand-mère s'agacer plus encore, « On se rappelle ma chérie », et le bruit des patates tombant sous un filet d'eau dans le double évier en inox.

Il fallait que je tienne la Révolution loin de moi. J'avais un « devoir de neutralité ». Dans un bureau de l'ambassade, on a tracé pour moi dans les airs une carte de la Tunisie.

On m'a indiqué les zones où il était préférable de ne pas voyager. « Pas de participation à des manifestations politiques ou des rassemblements, qu'ils soient spontanés ou non. » Le terme *sécurité* revenait souvent. Le doigt qui traçait dans les airs les contours de la Tunisie se fatiguait. J'ai pensé à un triangle. Puis au sexe d'une femme. *Femme* revenait beaucoup aussi avec *sécurité*. Je devais faire attention. À cause de cet autre triangle justement. Celui qui se trouvait entre mes jambes. La période post-Révolution était chaotique. Personne n'était à l'abri d'incidents. Il fallait se méfier des gens qui pourraient se rapprocher de moi pour des « passe-droits » ou des « services ». J'ai entendu « services » et je n'ai plus pensé au triangle, j'ai pensé aux « visas ». Puis je suis quand même revenue au triangle lorsque j'ai regardé autour de moi et que je n'ai vu que des hommes dans le bureau.

Je me suis souvenue de « la sécurité », « des passe-droits », « des zones interdites », du doigt et du triangle, en remontant quelques semaines plus tard l'avenue de la Liberté, en direction de l'avenue Bourguiba. Je n'allais pas *participer*, j'allais *voir*, je m'étais répété. Il y avait une manifestation de soutien au directeur de Nessma TV, accusé d'atteinte au sacré après la diffusion sur sa chaîne du film de Marjane Satrapi, *Persepolis*. Une scène, où l'on voit Dieu représenté sous les traits d'un vieil homme, avait provoqué la colère de centaines de personnes, issues essentiellement de courants radicaux salafistes. Cette colère les avait portées jusqu'à la maison du directeur de la chaîne pour y mettre le feu. J'allais *voir* la manifestation et j'allais *voir* Faten et Azhar. Ils avaient parlé de se réunir là-bas avec d'autres. Je me déplaçais avec lenteur parmi les passants. Il avait plu et les rails du tramway étaient glissants.

Les manifestants étaient massés près du théâtre municipal de Tunis. Je les ai aperçus sur les marches et j'ai eu peur soudain, ils avaient dit qu'il fallait répondre au feu des salafistes par le feu de la colère, et la colère était bien là, elle se lisait sur les visages et aussi les banderoles que la pluie avait tachées, « Liberté d'expression », « Soutien Nessma TV », « Ils ne voleront pas notre Révolution », « censure = mort politique » et d'autres phrases en arabe que je ne pouvais pas déchiffrer.

J'ai aperçu Azhar sur une marche, plus haut que les autres. Malgré la main qu'il agitait pour moi depuis son balcon dans le soleil, j'imaginais sa surprise à me trouver là, mais il m'a appelée et j'ai pensé que c'était la première fois que j'entendais mon nom dans sa bouche. Et aussi que je sentais le contact de sa main dans la mienne. Il m'a présentée à des amis, si vite que je n'ai retenu aucun nom, seulement « il / elle est journaliste, étudiant, infirmière, artiste, orthophoniste… » J'ai cherché le regard de Faten, mais elle discutait sur une autre marche. Il y avait quatre ou cinq hommes avec elle. Ses cheveux courts étaient mouillés et ses yeux, soulignés de noir. Lorsqu'elle les a relevés, ils m'ont traversée sans me voir. J'ai pensé à Méduse. J'ai pensé que je mourrais si ces yeux me regardaient. J'ai pensé qu'elle était incroyablement belle.

J'étais arrivée en Tunisie quelque temps avant l'organisation des premières élections démocratiques depuis la chute de Ben Ali. Le parti islamiste Ennahda avait obtenu la majorité des sièges. C'est lui qui allait être chargé de rédiger et d'adopter une nouvelle Constitution pour le pays. Faten me raconterait plus tard qu'elle avait dansé les jours d'après, dansé jusqu'à l'épuisement, jusqu'à ne plus sentir son corps, dansé jusqu'à ce que l'encre bleue sur son index gauche ait disparu[1]. Rached Ghannouchi était le chef du parti Ennahdha. J'apprendrais à dire son nom de la même manière que Faten, avec la colère dans la voix, avec la langue qui frappe contre les dents.

Les manifestants commentaient le verdict du procès, le directeur de Nessma TV et deux autres agents de la chaîne condamnés à verser une amende. Azhar a tendu un doigt vers la pancarte, réalisée avec ses filles, *Notre avenir, notre Tunisie*, avec des dessins de fleurs, de papillons, d'étoiles, de soleils. Elles auraient dû être là toutes les deux, à battre aussi des mains sur les grandes marches blanches du théâtre, mais à la dernière minute Faten et Azhar avaient préféré les faire garder. À cause du danger. « Une riposte islamiste ou policière, a expliqué Azhar, les seules réponses que l'on ait eues jusqu'ici à nos revendications », et en disant ça il a reniflé un grand coup, essuyé son nez avec la manche de son pull. Les gaz lacrymogènes, j'ai compris.

1. Pour éviter les votes multiples lors de ce premier scrutin libre, chaque électeur tunisien devait tremper son doigt dans de l'encre.

Quand la nuit est tombée, je les ai suivis dans un café rue de Marseille. Les conversations étaient animées. Nous fumions cigarette sur cigarette par-dessus des tasses brûlantes et des nappes tachées. À un moment, j'ai senti la présence de Faten à côté de moi, elle m'a demandé pourquoi j'étais venue aujourd'hui. J'ai dû lui faire répéter à cause du bruit. Elle s'est penchée vers moi et sa cigarette a effleuré le dos de ma main. Elle buvait son verre de thé par petits coups, en faisant barrage aux feuilles de menthe et aux pignons de pin avec ses dents. J'étais « juste venue pour voir », j'ai approché ma bouche de son oreille et puis j'ai allumé une nouvelle cigarette, mes doigts tremblaient un peu. « C'est un spectacle pour toi ce qu'on vit ici, en Tunisie ? » Pour la première fois, j'apercevais de près le haut des fleurs tatouées dans son dos, qui dépassait de son pull. Avec la pluie, ses cheveux avaient ondulé sur sa nuque. Non, j'étais venue pour comprendre. Pour voir *et* comprendre. Je n'avais pas d'autre idée, pas d'autre but. J'ai cherché sur la table le cendrier, elle a étendu le bras pour me l'approcher, j'ai dit « merci », j'ai fait tomber mes cendres très lentement, j'ai attendu qu'elle dise quelque chose ou qu'elle décide de se taire, je ne pouvais pas décider, j'ai fait de nouveau tomber mes cendres dans la soucoupe en plastique, mon verre était vide. « Je te crois. » Elle a hoché la tête, et les boucles noires ont fait de nouvelles vagues dans son cou. Elle a plongé ses doigts dans son verre pour y prendre un pignon et le porter à sa bouche. « Je dis ça parce qu'il y a un truc très connu qui arrive à beaucoup de gens qui découvrent la Tunisie. Un truc qu'on pourrait appeler le syndrome du sauveur. À vrai dire, la France l'a eu dès 1881 mais, même depuis l'indépendance de la Tunisie, même depuis la Révolution, elle a du mal à s'en défaire. » Derrière nous, plusieurs personnes du groupe ont élevé la voix. J'ai reconnu une chanson de Céline Dion en fond, une fille s'est mise à crier les paroles avec une autre. « Faire siens des combats politiques qui ne sont pas les vôtres, j'ai toujours eu du mal avec cette idée. » Elle a expiré la fumée de sa cigarette. « Et avec ceux qui ne peuvent s'empêcher de le faire, bien sûr. » Elle a remis la bretelle de son haut sous son pull, les fleurs ont bougé dans son dos, elle tenait toujours sa cigarette en l'air. « On vient juste de faire tomber une dictature et pourtant il y a toujours des gens pour croire que les Tunisiens ne peuvent pas se sauver eux-mêmes. » Elle s'est retournée vers les deux filles. Elle leur a demandé de chanter moins fort, elles ont ri toutes les trois, je ne comprenais pas ce qu'elles disaient, elles parlaient en tunisien. Son sourire était encore sur ses lèvres lorsque son regard est revenu vers moi. Elle a écrasé sa cigarette dans le cendrier. « Mais si tu es juste là pour voir et comprendre, c'est bien », elle a dit, et elle a replongé ses doigts dans son verre, dans le mélange de feuilles brunies.

asphalte.

Lorsque j'ai revu le garçon au sourire rouge, celui à qui j'avais volé une bière et tenu la porte des toilettes du bar, il était 15 heures et, loin de la nuit, loin des lumières artificielles et des murs qui tremblaient, il avait perdu son sourire rouge. Je ne l'ai pas reconnu tout de suite. C'est lorsqu'il a dit son nom, que je me suis rappelé.

Depuis Alessandro, le garçon amoureux d'Alma ne m'avait jamais présentée à d'autres garçons.

Après la première fois, il y avait pourtant eu d'autres rendez-vous avec Alessandro, toujours dans la cabane à côté de la piscine. Il refermait la porte derrière moi et étendait plusieurs serviettes au sol. J'accrochais mes affaires sur un portemanteau en bois, à côté du maillot de bain rouge à coques de sa mère. Le maillot était raide à cause du chlore et jauni à l'entrejambe. Je l'avais fait tomber une fois, et Alessandro m'avait dit de faire attention. Nous passions nos après-midi allongés sur le sol. Il m'appelait sa reine. Lorsqu'il se relevait, il plongeait invariablement deux doigts dans le filtre de la piscine, rempli d'herbes et de cheveux. Le soir, de gros papillons de nuit tapaient contre la fenêtre.

Alessandro plaqué, jeté, oublié, pfffttt, rentrecheztamère, Alma chantait à la fin de l'été. J'avais quitté Alessandro le dernier jour des vacances. *Adiós. Adiós, bon débarras.* À vrai dire, je l'avais senti dans les doigts d'Alessandro les soirs d'avant, lorsqu'il resserrait les nœuds de mon maillot sur mes hanches et autour de mon cou. Si je ne l'avais pas fait, c'est lui qui aurait dit *Ciao bye bye.* Je n'avais rien dit à Alma des pleurs ravalés, de cette image des papillons de nuit tapant maintenant contre mon cœur, je chantais encore plus fort qu'elle.

Lorsque j'ai revu le garçon au sourire rouge, celui à qui j'avais volé une bière et tenu la porte des toilettes du bar donc, j'étais dans la rue avec Alma et le garçon amoureux d'Alma. « Salut », « Salut, ça va ? » Il y a eu des mains sorties des poches de blousons et jetées sur les épaules. Les deux garçons se connaissaient. À la soirée, le garçon au sourire rouge était venu à notre table. J'ai cherché dans ma mémoire des souvenirs de ce moment mais je n'ai pas trouvé.

À nous quatre, nous formions un petit cercle sur le trottoir, que les gens étaient obligés de contourner. Alma avait sa main dans celle de son amoureux. J'ai visualisé les miennes, rouges et sèches, dans les poches de ma veste. J'avais froid. J'ai pensé à mon manteau resté dans l'une de mes valises chez mes parents, aux couloirs de RER à traverser à Châtelet pour aller chez eux, à ma carte de transports périmée, au retour de ma mère dans quelques jours, à mon père qui devait piquer des fourchettes dans le film plastique de barquettes surgelées en attendant qu'elle revienne.

Les deux garçons se connaissaient de leur première année en fac de bio.

« Ça va faire dix ans. » Le garçon au sourire rouge a poussé une exclamation. Oui c'est vrai, ça allait faire dix ans. Déjà.

Il était grand, le corps long, fin, presque un peu voûté, les cheveux noirs.

Ils s'étaient perdus de vue après la deuxième ou troisième année. Pas les mêmes cours, pas la même bande de copains. Ils n'avaient renoué que depuis quelques mois, depuis qu'ils s'étaient croisés dans une autre rue, pas loin de celle-ci, et qu'ils s'étaient rendu compte qu'ils habitaient à quelques immeubles d'écart.

« Il fait une thèse sur les microhabitats des arbres », nous a raconté plus tard le garçon amoureux d'Alma. Nous étions dans leur cuisine. Nos mains avaient été sorties de nos poches pour enserrer des bols brûlants autour de leur grande table en bois. Mes doigts avaient retrouvé leur couleur normale. « Traduction ? » Alma s'était levée pour ouvrir les placards, puis le frigo. La traduction impliquait des mots comme *biodiversité*, *dynamique des espèces*, *bois mort, gestion forestière*. À un moment, j'ai compris qu'elle n'écoutait plus. « Qu'est-ce qu'on fait à manger ce soir ? » Et c'est à cet instant que le garçon amoureux d'elle s'est retourné vers moi et a évoqué Alessandro. Il ne m'avait pas parlé de lui depuis des années. Je n'ai compris le lien entre cet ancien amour et le garçon au sourire rouge que plus tard, dans la conversation, lorsqu'un sourire se dessinerait sur son visage pour me demander si j'aimais les arbres moi aussi.

« Des pâtes, Alma, des pâtes ce sera très bien. »

La chambre de ma mère chez William et Georgina O'Field mesurait environ cinq mètres de long sur trois mètres cinquante de large. C'est un détail qui n'avait pas d'importance dans l'histoire mais qui s'était imprimé dans sa mémoire. Elle avait l'habitude de s'allonger par terre au pied du lit pour contempler le plafond.

« Pourquoi ? » j'avais demandé. « Il faut une raison ? » Ma mère était assise sur le canapé, dans sa partie la plus renfoncée. Il était si vieux que des traces de corps s'y étaient incrustées. Mon père était quelque part, ailleurs, dans la maison. Une porte a claqué à l'étage au-dessus. Il devait être dans ma chambre, dont on ne parlait plus vraiment comme ma chambre mais comme un « bureau ». Depuis quelques années déjà.

« Je n'en sais rien, pourquoi, je me souviens juste du contact froid, sous mes pieds, du mur communiquant avec la chambre de William et Georgina. Voilà, c'est peut-être pour ça que je m'en souviens. Et aussi parce que j'avais dû frotter le mur avec une éponge à l'endroit où la peinture avait grisé. Georgina était rentrée un jour dans la chambre et il y avait clairement la marque d'un pied sur le mur. »

Ma mère a fait une pause. Elle portait le pull à motifs que je n'aimais pas. Un vieux pull tricoté, comme ceux achetés sur les étals de marché, qui pendent à de grands crochets ou recouvrent des bustes aux seins pointus. Il la vieillissait et, malgré tout, elle s'obstinait à le mettre. Je lui en voulais de me rappeler que le temps la prenait un peu plus à chacun de mes retours chez eux. De plus en plus, je me surprenais à épier ses chevilles gonflées comme des fruits trop mûrs dans ses sandales l'été, les veines qui lui dessinaient du bleu un peu partout, sa peau plus fine et brune jusque sur sa nuque, sa nuque restée un territoire lointain et inconnu jusqu'à ce jour chez le coiffeur où elle avait décidé de passer au court pour ses cheveux, « plus pratique », plus pratique aussi le gris qui lui avait fait tourner la page de ses teintures châtain pour devenir un étrange jumeau de mon père. Parfois, j'admirais ces changements mais le plus souvent je les guettais et les traquais, comme si ma vie en dépendait. Pour la disparition qui s'inscrivait dans son corps et que je ne pouvais maîtriser.

Elle a fini par rire, en tirant sur les manches de son pull : « Je crois que j'aimais bien être aussi par terre à cause des posters dans la chambre de Jake. Pas du tout des posters de rockstars ou de filles en maillot de bain comme on aurait pu s'y attendre pour un garçon de son âge, mais seulement des posters de mers déchaînées, de gros bateaux. »

« Jake, le fils aîné de William et Georgina, j'ai éclairci pour moi-même à voix haute, tu m'as dit qu'il était *marine*, c'est logique, non ? »

Elle a haussé les épaules, « On peut être boucher sans avoir des posters de carcasses chez soi ».

J'ai secoué la tête, « Pardon, mais ça part dans tous les sens ». Sa langue a émis un petit claquement. Elle a soupiré et décroisé ses jambes. « Tu me demandes de raconter, mais les souvenirs ne viennent pas comme ça de manière ordonnée. » Elle a retiré un cheveu de sa poitrine. Ses jambes se sont recroisées. Mon sac était posé par terre, à côté de la porte. J'avais retrouvé mon manteau et des pulls dans mes grosses valises laissées chez eux. « J'ai des images qui me reviennent… Mais je ne peux pas te faire le récit depuis mon arrivée à Rochester », sa main a fait un mouvement flou, « pas de manière linéaire ».

Elle avait été accueillie par les O'Field.

Georgina et William, les parents, avaient trois enfants, Jake, Nancy et Julia (dans cet ordre).

Ma mère avait été amie avec Julia au lycée.

La famille avait quitté les États-Unis parce que William avait été muté à l'usine Kodak de Chalon-sur-Saône pour une durée indéterminée.

William était ingénieur.

Il travaillait chez Kodak depuis quinze ans.

Ils habitaient une grande maison dans la banlieue de Chalon.

Julia, qui avait déjà son permis de conduire, emmenait ma mère en balade sur les petites routes de campagne pendant des après-midi entières.

Les O'Field ne s'étaient pas plu en France, surtout Georgina. Au bout de deux ans, ils étaient repartis.

Julia avait un nez aquilin.

Elle mélangeait sur son pain, dans un même geste, de la confiture de prunes du jardin et de la pâte Reese's.

Elle avait de l'asthme et des pointes de cheveux sèches qu'elle arrachait quand elle s'ennuyait.

À son arrivée à Rochester, ma mère était devenue la *nanny* des enfants Jansen-Walsh, voisins des O'Field.

Elle était jolie et elle n'avait pas d'argent. William avait pensé à elle quand Maddie, l'une de leurs Shirley, était partie.

Elle travaillait au Kodak Park en complément de ses heures chez les Jansen-Walsh.

C'étaient les faits. Tels que ma mère les avait racontés et tels qu'ils s'étaient classés dans ma tête. J'essayais de tracer des lignes nettes et droites dans les circonvolutions que prenait sa mémoire, les mêmes circonvolutions qui se retrouvaient sur son pull, en jaune et rouge et noir et vert.

« Tu as des photos de toi à Rochester ? » Aucune, il y avait dû en avoir, bien sûr, on ne passait pas six mois de sa vie ailleurs sans vouloir garder une trace de son passage, mais tout avait dû rester aux États-Unis ou se perdre à son retour en France. Il n'y avait que ces photos d'elle en Shirley et, même pour celles-ci, elle n'arrivait pas à se souvenir de la façon dont elles avaient atterri dans les boîtes de l'armoire chez ses parents, avec le reste des albums et des pellicules de famille.

Ma mère s'est levée du canapé, sa jambe droite s'est agitée comme pour écraser quelque chose par terre, sa pantoufle qui avait glissé. Au-dessus, à l'étage, on n'entendait toujours rien. L'eau a reflué dans le lave-vaisselle, entamé un second cycle. Le portail des voisins s'est refermé dans un bruit de métal. Un soleil pâle jetait des rayons de poussière dans la pièce. Un chien a aboyé. Je sentais monter un vague mal de tête.

Je n'avais pas fini avec Rochester. La voix de ma mère m'est parvenue depuis la cuisine. Ça allait maintenant, on pouvait parler d'autre chose. Elle a jeté un œil sur mon sac. « Alma, Alma, Alma, Alma. » Elle a soupiré. Des pas à l'étage et puis dans les escaliers. « Ta fille est revenue, mais il n'y en a que pour Alma. » Mon père a haussé les sourcils. Ses mains ont tracé deux ou trois grands cercles dans le dos de ma mère, les formes sur le pull rouge et jaune et noir et vert se sont agitées. « Alors on va dire à Alma de venir habiter ici », il continuait à frictionner les épaules de ma mère, nous avons ri tous les trois, il est reparti dans la cuisine.

Mon père avait toujours été cette personne-là, celle qui éteint les feux et éloigne les ruptures. Comme dans son métier, il amenait la pièce manquante pour que l'ensemble fonctionne. Vendre des composants mécaniques dans le secteur de l'automobile m'avait toujours paru une idée très vague et ennuyeuse, aujourd'hui seulement je voyais le lien avec le reste, avec la personne qu'il était, et les histoires qu'il avait toujours essayé d'enterrer avec son salaud de père.

« Tu repars vers quelle heure ? », ma mère s'était rassise sur le canapé. Un rayon de lumière frappait son front, faisait ressortir le bleu de son œil, j'ai pensé à cet instant que, sur ses portraits d'elle en Shirley, ses yeux avaient toujours paru noirs. J'en avais trouvé d'autres depuis, des portraits de jeunes filles souriantes dans mon ordinateur. Ces visages de Shirley ne me quittaient pas. Ils cherchaient à en remplacer d'autres, peut-être, des visages que j'avais perdus récemment. J'allais ouvrir la bouche pour lui demander pourquoi elle mettait encore ce pull, mais je me suis abstenue. J'ai envoyé un message à Alma pour lui dire que je rentrerais tard.

Je me souviens du jour où Faten a cessé de me haïr totalement. Nous nous connaissions depuis quelques mois. J'organisais un tour de la ville à des danseurs venus de France pour participer à des rencontres chorégraphiques. Elles avaient lieu à Carthage, et Azhar et Faten devaient y participer. Une fête d'ouverture était organisée chez le directeur de l'institut culturel. Je me tenais à l'entrée, derrière une petite table avec Kenza. Elle travaillait pour les rencontres, elle aussi. Nous cochions des cases sur un tableau. Les invités défilaient. L'air était chaud, je portais une robe trop épaisse pour ce jour de mars. Azhar était venu accompagné d'un ami. Il avait attaché ses cheveux avec un élastique et mis une chemise blanche, une broche était accrochée à son veston, en forme de *khomsa*.

La chaleur faisait grandir des cercles humides sur mon ventre. La ligne des invités s'était clairsemée. À un moment, Kenza était partie nous chercher deux verres. J'avais soudain eu besoin de sortir dans la rue, de chercher de l'air, un peu plus loin. Des milliers d'insectes remontaient mon corps, un à un ils se suivaient, ils venaient se loger dans ma tête, j'avais du mal à respirer.

Faten m'avait retrouvée allongée par terre, du sang dans les cheveux. Dans ma chute, j'avais heurté un bord du trottoir. Lorsque Kenza m'avait aperçue, elle avait été prise d'un tel tremblement que du vin s'était renversé sur mes jambes nues. Faten me répétait de ne pas bouger. Je sentais son souffle se déplacer sur mon visage. Elle n'était pas à la fête, elle n'avait pas voulu venir, elle était là pour récupérer sa clé, qu'Azhar avait confondue avec la sienne.

Azhar. Le veston. La *khomsa*. Faten. La ligne blanche au-dessus de ses lèvres. Moi par terre. Ma robe d'hiver. Mon front abîmé. J'ai eu un sursaut pour me dégager. Mais les mains de Faten.

Elle me répétait de rester tranquille, qu'un médecin était en route.

Les taches de vin avaient roulé le long de mes jambes. Personne ne pensait à les essuyer. Elles me paraissaient si loin que je ne pouvais m'imaginer le faire moi-même. Je ne bougeais plus. J'attendais. Je contemplais les lignes rouges sur mes jambes qui avaient remplacé les lignes d'insectes.

Plus tard, Faten m'avait dit que, étendue par terre, je lui avais fait l'effet d'une enfant, qu'elle avait pensé à ses propres filles, à Nour et à Selma, qu'il aurait pu m'arriver quelque chose si jamais elle n'avait pas été là, s'il n'y avait pas eu cette histoire de clé, si quelqu'un d'autre m'avait trouvée avant elle, la robe trop courte, relevée sur les cuisses nues.

Après l'accident, sans que je sache l'expliquer, quelque chose dans le regard de Faten avait changé. Elle était restée la même fille que celle qui s'était penchée sur le trottoir, qui avait indiqué au médecin où j'avais mal, qui avait enlevé les cailloux collés dans le rouge et le poisseux de mes cheveux.

J'ai laissé passer de longs mois avant de lui reparler de cette nuit, une fois sûre que son affection ne pouvait plus m'être retirée. Elle n'avait pas su expliquer, elle avait seulement ri.

Bien plus tard, dans une tout autre conversation, alors que nous mangions avec des amis de Faten et Azhar dans un restaurant de poissons sur le port de La Goulette, elle avait dit que la fragilité des gens la touchait. Je ne savais pas si c'était une réponse, mais j'ai décidé que ce serait la mienne.

Quand le temps devenait trop long à rester seule chez Alma et le garçon amoureux d'Alma, je prenais mon sac et partais marcher dans les rues de Paris. De Stalingrad, j'arrivais au quartier des Halles, par un premier hasard que les semaines suivantes avaient changé en habitude. Je me laissais dériver. J'avais retrouvé mon manteau et dans sa poche une note de supermarché d'environ quatre-vingts dinars. Les caractères avaient grisé mais on pouvait encore lire : *1 bouteille de vin rouge Clos Mornag, 1 pack de Celtia, 2 paquets de pâtes, 1 yaourt à la vanille, du fromage frais en carré*. Ça ne renvoyait à rien mais je gardais le papier plié au fond ma poche. Je n'arrivais pas à le jeter. Un pli avait fait disparaître la date.

J'avais peut-être bu cet alcool avec Hatem. Ou peut-être que je l'avais justement acheté parce que les mains de Hatem étaient déjà loin, ses doigts déformés derrière le verre agrippé qui faisait paraître ses mains plus grandes encore, ses mains de *géant soussien*. « Soussien, comme Sousse, la ville de Sousse », il m'avait expliqué, lors de notre rencontre. « À cent cinquante kilomètres de Tunis environ, sur la côte. » Je datais cette phrase de la première fois où mes yeux s'étaient posés sur son visage, mais à vrai dire Hatem avait été là dès le début, dans le flou des gens qui entouraient toujours Azhar et Faten.

Tandis que je marchais, j'essayais de me rappeler l'endroit précis où je me trouvais, trois mois, six mois, un an, deux ans plus tôt. Depuis mon retour, c'était un jeu auquel je perdais invariablement. Le temps se compilait en gros blocs indistincts. Certains souvenirs saturaient le reste. Il était difficile de comprendre pourquoi le souvenir d'une après-midi passée à attendre un louage sous la pluie prenait plus de place que le souvenir de la première fois où j'avais pu contempler le corps nu de Hatem.

Je saisissais ce qu'avait voulu dire ma grand-mère, un jour. « Parfois c'est comme plonger dans un lac et, à la remontée, ne plus trop savoir où est le bord. » Je ne l'avais jamais entendue parler de ses pertes de mémoire avant cet instant. Mon grand-père était encore vivant, mais déjà attaché à des tuyaux. Il se souvenait pour elle, elle tenait debout pour lui, un pacte qu'ils n'avaient pas passé mais que quelque chose, quelque part, avait décidé pour eux. « Oui, c'est comme si… je suis dans l'eau, je nage, je nage, je cherche à me souvenir… » J'étais seule avec elle dans le jardin, des guêpes volaient au-dessus de nos assiettes, ses doigts étaient gonflés par la chaleur. « Quelquefois si je fais trop de mouvements, c'est pire. Je me débats mais il n'y a rien que l'eau autour de moi, rien pour s'accrocher, pas de terre. » Son alliance avait disparu à cause de sa peau trop dure et tendue, le reste de son doigt semblait collé, tenu comme par magie à sa main. « Le pire ce sera quand j'oublierai même qu'il y avait un bord juste là. » De son couteau, elle a assommé une guêpe qui grimpait le long de son verre. Elle a parlé de trouver une bouteille en plastique dans la cuisine et de la confiture pour fabriquer un piège. « Ce sera le plus terrible. » Et avant que je puisse tendre la main à travers la table pour atteindre ses doigts enflés, elle avait décidé qu'elle n'en parlerait plus. La guêpe a remué sur la nappe puis est repartie. Ma grand-mère a poussé un soupir de soulagement qu'elle ne soit finalement pas morte.

Sa maladie ne devait pas être citée devant elle, seule sa fille était autorisée à le faire. Même entre nous, nous avions pris l'habitude de ne pas prononcer le mot, mon père, ma mère et moi disions seulement « le mot en neuf lettres ». Le terme avait intégré notre langage quotidien, avec le temps, il était devenu juste « les neuf-lettres », « si les neuf-lettres de grand-mère empirent… », « j'ai appris à M. que grand-mère avait les neuf-lettres », « il y a deux ans, avant les neuf-lettres ».

J'avais pensé que les « neuf-lettres » disparaîtraient un jour, que ma mère, surtout, dirait stop, que maintenant il fallait dire le mot, il fallait dire ce qui est, mais les mois avaient passé et ma mère ne disait toujours rien.

Comme les guêpes, j'avais compris qu'on pouvait aussi assommer la vérité. Ça ne durait pas, mais l'air paraissait plus libre l'espace d'un instant.

Lors de mes déambulations, j'arrivais jusqu'au boulevard Sébastopol. Je remontais la rue aux Ours. Un café faisait l'angle avec la rue Saint-Martin. Je m'asseyais à une table, à droite du comptoir. Je commandais un café, que je payais en pièces de vingt ou cinquante centimes. L'argent que j'avais économisé ces trois dernières années me paraissait soudain très fragile, il ne durerait pas éternellement, je le savais. Je faisais durer mon café et les verres d'eau le plus longtemps possible.

Le centre Mμ se dressait comme un gros machin en métal au bout de la rue. Vers mes sept, huit ans, j'y étais venue pour un spectacle musical sur la vie de Frida Kahlo. J'en gardais un souvenir confus de roses, de lunes, de papillons et d'oiseaux en carton-pâte, où un gros homme venait promener ses mains sur le corps encerclé de bois et de métal de Frida Kahlo. À la fin, Diego Rivera était descendu de la scène, un enfant avait vomi juste devant ses chaussures, Diego avait enlevé son faux ventre dans un bruit de scratch et nous avions tous poussé un cri d'horreur.

Plus tard, j'étais souvent revenue au centre Mμ. Je me promenais dans les collections d'art contemporain avec des amis de la fac. À un festival organisé pour les dix ans du centre, nous avions fait la queue pour assister à la performance d'une artiste belge. Son œuvre s'intitulait *Orâkle*. Chaque visiteur était invité à s'asseoir à une table en face d'elle et à écouter ses prédictions. En croisant nos oracles dans le groupe, nous nous étions aperçus qu'elle avait donné le même, au mot près, à quatre d'entre nous. Je n'avais pas pu m'empêcher d'être déçue. J'avais besoin qu'on me dise ce qui allait arriver. Chaque individu contenait en lui la somme de son histoire, j'en étais persuadée. J'avais entraperçu avec cette femme une brèche dans l'inconnu qu'on me vendait comme des possibilités et une liberté à me définir. J'y repensais à chaque fois que j'apercevais l'architecture en angles pointus et miroirs teintés du centre Mμ.

La mémoire était tout ce qui restait à ma grand-mère pour définir qui elle était. Et elle n'avait pas besoin de quelqu'un pour prédire sa disparition.

Garder le récit des histoires vécues.

Elles seront peut-être tout ce qu'il vous reste de quelqu'un à un moment.

noir.

Le Dar El BhArt se trouvait rue Farhat-Hached, mais Azhar m'avait écrit de ne pas dire *rue Farhat-Hached* au taxi, mais *La Goulette, près de la mosquée Abu Bakr.* J'avais fait comme il avait dit, et le taxi m'avait déposée devant un immeuble bas aux murs brûlés par le soleil.

Azhar aimait raconter que, quand il avait fait visiter aux autres ce qui allait devenir Dar El BhArt la première fois, il les avait emmenés sur le toit, il les avait obligés à inspirer l'air en grand, il leur avait demandé s'ils sentaient la même odeur que lui. Les trois têtes, celles de Faten, Karima et Hatem, s'étaient étirées en direction de la mer. Des canettes rouillées et des sacs plastique roulaient à leurs pieds, à cause du vent. Personne ne se souciait de ce lieu, seuls des corps venaient parfois s'y glisser le soir, au petit matin disparus, devenus des mégots et des traces humides dans les coins.

Ils avaient inspiré, inspiré mais ça ne sentait rien, parce que, ça aussi, l'odeur de ce lieu, c'était à eux de l'inventer.

Azhar s'illuminait en me racontant l'histoire, ses yeux roulaient un peu fous dans son visage.

« Ne l'écoute pas », avait dit Hatem. « *Kenet rihet'ha kil hout el khamej*, ça sentait surtout le vieux poisson pourri », tous riaient, mais Azhar secouait la tête, « Non, ce lieu nous attendait. Je l'ai su dès que j'ai vu tout ça », et il désignait les murs et le sol ravagés par le sel venu de la mer avec toujours ces mêmes yeux fous.

Avant d'être abandonné, le lieu résonnait à tous les étages du bruit des machines à coudre. Des dizaines et des dizaines de femmes en tunique lilas assises à des tables et penchées sous de gros néons, à qui on cachait la mer par les fenêtres pour que leurs regards ne dévient pas de leurs doigts. On avait retrouvé une tunique derrière le vieux frigidaire cassé dans la cuisine. Le propriétaire de l'atelier textile était un proche de Leila Trabelsi, la femme du président Ben Ali. Du jour au lendemain, il avait fui à l'étranger. Son procès s'était tenu sans lui plusieurs mois après, inculpation pour fraudes financières et immobilières, et les femmes en tunique lilas avaient été rachetées par quelqu'un, déplacées dans un autre atelier à Nabeul.

Azhar, Faten, Karima et Hatem avaient monté un dossier auprès du gouverneur et du ministère de la Culture pour reprendre le lieu et en faire un espace dédié au spectacle vivant. Le mercredi, danse et théâtre pour les enfants, les mardis, jeudis et vendredis pour les adolescents et les adultes, le samedi pour l'entraînement libre et les spectacles, le reste du temps pour la troupe dirigée par Azhar.

Une part importante de l'aide financière venait de l'institut culturel français. Depuis le début Faten avait dit non, elle avait fait barrage à Azhar, Karima et Hatem pour ne pas faire dépendre le projet d'un argent étranger.

Azhar attendait toujours que Faten soit éloignée pour raconter cette partie de l'histoire.

Il avait beau dire « Mais regarde la mer, regarde… », elle faisait non avec tout son corps, elle avait même quitté Azhar et les filles un soir, partie toute seule avec les clés de la voiture, à minuit, sans manteau, sans argent, les lèvres blanches tellement elle était en colère. Quand elle n'avait pas eu d'autre choix que de revenir, le lieu n'aurait jamais pu voir le jour autrement, elle avait fait en sorte de ne pas être là au moment de la visite officielle du directeur de l'institut. Elle avait laissé les autres montrer les plans, l'avancée des travaux, faire des plaisanteries sur le gardien dans la rue qui ne gardait rien du tout parce qu'il s'endormait dans le soleil sur sa chaise, rappeler le nombre de professeurs, six au total, l'organisation des plannings, se laisser prendre en photo pour les futurs appels à projets qui permettraient à d'autres Azhar, Faten, Karima et Hatem travaillant à *faire de la culture un levier démocratique* de recevoir d'autres financements pour d'autres projets. Les petits hochements de tête et la fièvre des grandes mains du directeur étaient restés, la blague qui revenait à chaque fois que quelqu'un feignait une déclaration importante à faire dans le groupe, Karima était la plus forte pour l'imiter, son voile en glissait, elle se faisait rire elle-même. Lorsqu'elle remettait sa broche où il manquait deux perles, ses doigts tremblaient encore. Ils se souvenaient ensuite de ma présence, ils disaient « pardon pardon », c'était mon directeur, après tout, « pardon ».

Quand Alma était venue me voir la première fois en Tunisie, Dar El BhArt n'avait pas encore de nom, comme je n'en avais pas encore pour Faten et Azhar. La deuxième fois, à peine Alma avait-elle posé sa valise dans l'appartement que je l'emmenais rue Farhat-Hached. Une bâche de plastique recouvrait la petite cour intérieure. Les habitants du quartier avaient été invités à venir dessiner sur les murs. *Dar El BhArt est un espace pour chacun*, les mots s'étalaient en grand sur une banderole. À un endroit, entre un soleil, des zelliges, des branchages, un poing levé, des *kâak warka* roses, de grosses femmes en tunique lilas avaient été peintes. En dessous était écrit quelque chose en arabe, qu'un jeune garçon debout juste à côté nous avait traduit, « Si une personne te dit d'oublier le passé, oublie plutôt la personne ». Le soir, nous nous étions installés sur la plage avec Faten, Azhar et les autres. Nous plongions nos mains grasses dans le sable, les petits sandwichs au thon pleins de harissa vite avalés. Un feu me dévorait les lèvres, le cou, le visage, qui me semblait venir de bien plus loin que la petite boule de papier tachée tenue serrée dans mon poing. « Elle a l'air heureuse, tu verrais... », avait murmuré Alma plus tard au garçon amoureux d'elle au téléphone, alors qu'elle me croyait endormie.

Le lendemain, nous étions parties en voyage dans le Sud. Je n'avais rien dit à Faten et Azhar. Des violences avaient éclaté dans la région de Kasserine. Les médias parlaient de manifestants excédés par la misère et les espoirs déçus de la Révolution. Et aussi d'une menace salafiste nourrie par un trafic d'armes venu de Libye. Le chaos chez les voisins, de l'autre côté de la frontière, alimentait toutes les peurs. Depuis Tunis, il paraissait à la fois très loin et très proche. Il n'y avait qu'à regarder autour de soi. On les repérait dans la ville, les corps étrangers des Libyens, souvent estropiés et qui avaient pu fuir. Près d'un million rien qu'en 2011. La perte était inscrite sur leurs visages. Leur malheur faisait d'autant plus peur qu'il avait quelque chose de rampant : leurs corps étaient le miroir du pire de ce qu'une révolution peut apporter.

De bus en louages, nous avions rejoint Tozeur. Nous avions dormi dans le désert et dans des oasis. Les hôtels étaient vides mais nous n'étions jamais seules, on nous couvrait d'attentions, on nous pressait de revenir, de dire à nos proches, à tous ceux que nous connaissions qu'il était possible de voyager, qu'il ne fallait pas avoir peur.

J'avais raccompagné Alma à l'aéroport. Sa peau avait la couleur des paysages que nous venions de quitter. Je l'avais serrée dans mes bras et j'avais repris un taxi pour la rue Farhat-Hached.

Quand j'étais arrivée, Azhar dansait sur le toit, Karima était avec lui, elle relisait des documents comptables. À cause du vent, un cendrier et une petite lampe en fer forgé avaient été posés sur la pile de feuilles. Je m'étais assise sur une natte dans un coin. Ils m'avaient adressé un sourire. Azhar avait continué à danser et Karima, à lire. J'avais posé ma tête contre le mur, les genoux ramenés contre ma poitrine. Je les regardais. Faten arriverait bientôt. Tout était à sa place.

Le garçon au sourire rouge attendait quelque chose dans la rue. Je l'avais vu de loin, adossé contre la structure métallique du parc, le pied droit croisé sur le pied gauche, une main dans la poche de son blouson. « Salut », il m'a souri, « tu es là ? » J'ai trouvé étrange ce « tu es là ? », tu es là, comme si ce n'était pas une question, j'ai remarqué des plis sur son visage, que je n'avais jamais vus, au niveau des yeux et de la bouche, qui lui donnaient un air un peu curieux, presque irrégulier.

Je revenais de la rue aux Ours. Je n'étais pas restée longtemps au café pour une fois. J'avais bu ma tasse, mon verre d'eau, j'avais détaillé un instant les gens qui passaient avant de reprendre mon sac et de rentrer. Une sensation de tournis m'avait arrêtée au coin de la rue du Temple et de la rue de Braque. J'avais fixé un point dans le ciel pour me calmer. Quelques jours avant, c'était arrivé sur le boulevard Saint-Martin. La première fois, quelque part autour de Louis-Blanc. Je rentrais de banlieue. J'avais dû poser par terre mon sac de voyage à moitié rempli et m'asseoir sur un banc.

Lorsque j'en avais parlé à Alma, elle avait dit qu'elle n'était pas surprise.

— Tu as peur.

— Je n'ai pas peur.

— Si, tu as peur mais tu ne veux pas admettre que tu as peur.

J'avais secoué la tête.

— Laisse-toi du temps.

— Je devrais peut-être commencer à chercher un boulot.

— Peut-être.

Alma m'avait fixée pendant de longues secondes. Je détestais quand elle faisait ça.

— Ou peut-être pas. Peut-être que tu devrais déjà essayer de comprendre ce que tu veux faire.

Elle portait un bas de pyjama et un T-shirt avec écrit *If I can't bring my dog, I'm not coming.*

— Tu n'as même pas de chien.

— Je t'emmerde.

Et elle avait tiré sur son chignon de cheveux sales, en faisant semblant de dérober sa joue à la mienne.

Le garçon au sourire rouge se tenait toujours appuyé contre la grille. « Tu es là ? »

J'ai dit que je rentrais chez Alma et le garçon amoureux d'Alma. « Je loge chez eux. » Il a hoché la tête. « C'est temporaire », j'ai ajouté.

Il a eu un petit rire d'enfant. « J'avais compris. »

J'ai compté trois plis à chaque coin de ses yeux.

« Tu veux marcher un peu ? » il a désigné le parc.

L'après-midi s'est écoulée. À un moment, j'ai perdu le compte du nombre de tours que nous avions faits. Quand la nuit a commencé à tomber, nous nous sommes dirigés vers un snack où un homme nous a désigné trois menus, « Seulement ces trois-là et les suppléments que vous voulez », au-dessus de bacs en métal de salade, tomates, cheddar, cornichons, oignons crus, mayonnaise. Il y avait un peu d'eau au fond des bacs et un poster de Britney Spears dans les toilettes.

Le garçon au sourire rouge alignait les petites serviettes blanches froissées sur la table, en même temps qu'il portait une frite à sa bouche entre chacune de ses questions. Frite. Question. Frite. Question. Frite. Il me donnait le tournis. Un tournis différent de celui qui m'avait arrêtée boulevard Sébastopol pour contempler le ciel. « Arrête, s'il te plaît, arrête, laisse-moi manger, on ne parle que de moi depuis le début, à ton tour », j'ai supplié. Mes yeux brûlaient. À cause des petits sachets de sauce pimentée et à cause de mes larmes. Le garçon au sourire rouge riait aussi, à chaque fois pourtant il en revenait à moi, à ce rythme infernal qui faisait bouger les plis de son visage et ne me laissait aucun répit.

En le quittant au coin de la rue d'Alma, je n'aurais pas su dire ce que j'avais appris de plus sur le garçon au sourire rouge, si ce n'est qu'il disparaissait très vite dans la nuit, quand venait le moment de se dire au revoir.

Le studio se trouvait dans le bâtiment consacré au pôle des techniques photographiques.

Sur Internet, une photo montrait un immeuble d'environ huit étages à la façade grise et rectiligne. Une architecture des années cinquante ou soixante. La photo d'après montrait le bâtiment effondré, un tas de débris, ceinturé de bois et de bâches. Il avait été dynamité. Sûrement au début des années 2000. C'était le plus probable.

L'apparition du numérique avait bouleversé le champ de la photographie, faisant vaciller le géant Kodak au passage. Les ventes de pellicules s'étaient effondrées. Les articles parlaient tous d'un tournant raté vers la photographie et le cinéma numérique. Kodak avait frôlé la faillite après un siècle d'hégémonie sur le marché.

Un tournant raté.

Je regardais plus précisément les photos mais il n'était pas possible de zoomer. Les images étaient de piètre définition. Découvertes au hasard d'un forum, partagées par un type qui avait dû travailler au Kodak Park. Aujourd'hui le complexe industriel de Rochester ne s'appelait plus Kodak Park mais Eastman Business Park. De nombreux bâtiments avaient été démolis et des parties du parc, louées à des entreprises travaillant dans des secteurs d'activité proches de ceux de Kodak : optique, nouvelles technologies, chimie, plasturgie.

Le type des deux photos citait des prénoms de Shirley qu'il avait connues. Il n'avait pas dû connaître ma mère, ni Anita, ni Maddie, car il ne les citait pas. Le bâtiment portait le numéro soixante-neuf. Le studio où étaient photographiées les Shirley se trouvait au huitième étage. Le type aux deux photos ne mentionnait pas son poste au sein de l'entreprise Kodak, il avait juste écrit un post dans ce forum d'admirateurs de Shirley. Et un autre, d'une seule phrase pour corriger quelqu'un qui parlait de « disparition » à propos du film argentique. « Déclin », pas disparition. Le ton était sec. Le type aux deux photos s'était évanoui après ça.

Ma mère avait été impressionnée la première fois où elle avait franchi les portes du Kodak Park. Une ville dans la ville, un espace tentaculaire qui s'étalait sur plusieurs kilomètres. Il y avait même des restaurants et un cinéma. À côté du bâtiment où elle posait pour Andrew, le bâtiment soixante-neuf donc, s'il fallait croire le type aux deux photos, elle allait souvent boire un café dans une petite cantine, en attendant que William ait fini sa journée. Il l'amenait le matin et la ramenait le soir en voiture. Il travaillait à l'autre bout du parc, elle ne savait plus exactement dans quelle division. Il avait un badge retenu par un cordon rayé rouge et orange autour du cou. La photographie sur son badge datait de l'époque où il avait commencé à travailler pour Kodak, au tout début de sa carrière. Il avait vingt-cinq ans peut-être, et ma mère avait pu se rendre compte à quel point Jake, son fils, lui ressemblait, le cou fort, le regard franc, des ondulations blondes sur les tempes et la nuque, le teint rouge aussi, comme si la peau réagissait à un soleil caché quelque part. Les fins de journée étaient souvent longues à attendre William. Elle lisait à sa table. Elle testait toutes les propositions de la carte. Elle avait appris qu'un café n'avait pas seulement à être noir et serré, qu'il existait des variations de crème, de lait, de mousse, de sucre, qui en faisaient des cafés avec des goûts très différents. Elle écrivait des lettres à mon père. Elle s'était mise à fumer, parce que tout le monde fumait et qu'elle se sentait quelque part protégée par les méduses bleues qu'elle faisait apparaître autour d'elle. Il arrivait aussi qu'Andrew, après avoir fini leur séance photos, la raccompagne en voiture et alors il fallait arriver à joindre William pour le prévenir de ne pas passer la chercher.

Pendant leurs trajets entre le Kodak Park et leur maison dans la banlieue de Rochester, William parlait, parlait, de son travail et de ses enfants, beaucoup.

Ma mère n'avait jamais rencontré Jake avant son arrivée chez eux. Il ne les avait pas suivis en France, il était déjà engagé dans les *marines* à l'époque. Il n'était qu'une image dans la montée d'escalier. Sur la photographie, la mâchoire de Jake traçait une ligne dure sous la casquette blanche de son uniforme. Ses lèvres semblaient mouillées comme le mur couleur saumon derrière lui, peint à l'éponge.

Le jour de sa rencontre avec Jake, ma mère avait regardé, stupéfaite, Nancy et Julia se ruer sur leur grand frère et le bourrer de coups jusqu'à les faire tomber de rire tous les trois par terre. Et Jake qui se laissait faire et s'époumonait « *I will never surrender of my own free will. If in command, I will never surrender the members of my command while they still have the means to resist* ». Elle les avait enviés et s'était dit que malgré les bizarreries de cette famille – après six mois passés à vivre avec eux, comment ne pas être témoin de certaines d'entre elles, comme cette fois où William avait omis de verrouiller la salle de bains et qu'elle avait eu le temps d'apercevoir son corps humide, le mouvement brusque de la serviette pour cacher son sexe et que tous s'étaient mis, après ça, à plaisanter « *Just to warn you, I'm going to take a shower* » –, elle s'était dit que malgré les bizarreries de cette famille, donc, quelque chose se dégageait de leur foyer qui lui avait jusqu'ici manqué.

Elle n'aurait pas su dire si c'était lié au fait d'avoir grandi seule, sous le regard de ses parents, dans le creux de la présence de sa sœur.

Le bleu était sa couleur préférée.

Elle aurait eu quinze, seize, dix-sept, dix-huit ans aujourd'hui.

Elle était très têtue.

Elle avait l'esprit pratique, elle aurait été une scientifique, comme son père. Elle piquait des colères quand elle n'avait pas ce qu'elle voulait.

Elle avait peur des chiens.

Une présence qu'on inventait, des fibres de souvenirs qu'on étirait jusqu'à l'infini pour la faire exister encore. *Solange n'avait que quatre ans quand elle est morte*, avait quelquefois eu envie de crier ma mère, *on n'en sait rien, à quatre ans on n'est pas véritablement encore devenu quelqu'un.*

Chez William et Georgina O'Field, il n'y avait rien de tout cela. Ils étaient seulement eux cinq. Il n'y avait personne d'autre dans la maison que ceux qui laissaient la trace de leurs corps dans leurs lits la nuit.

Les Shirley, comme les *China Girls* pour le cinéma, avaient constitué le standard sur lequel s'étaient développés les films photographiques.

Je tombais sur un article mettant en avant la photo d'une famille, assise sur un canapé. En arrière-plan un sapin de Noël et les restes d'un repas de fête. Il était rédigé en anglais. Dans le titre, on retrouvait la mention des *Shirley cards*. J'avais cliqué sur la photo. La majorité des personnes qui y étaient photographiées étaient noires. Deux enfants blancs étaient assis au milieu d'eux, l'un sur les genoux d'un homme élégant en cravate et l'autre sur le rebord du canapé. L'article déroulait des faits techniques sur l'emploi de produits chimiques en photographie. Les couleurs claires étaient la référence selon laquelle on jugeait que les couleurs d'une photo étaient justes.

Je l'avais compris en parcourant tous les portraits des Shirley, en détaillant le grain de peau pâle de ma mère, celui d'une autre plus ambré, petites taches rousses qui avaient dû fondre sous la lumière de l'objectif, celui d'une autre encore, peau beige de mastic et peau rose nacrée.

Cette attention aux couleurs claires avait amené à laisser de côté les produits chimiques faisant ressortir les nuances de rouge, de jaune et de marron, qui n'étaient pas utiles pour révéler les tons d'une peau claire. L'article rapportait que ce n'était que dans les années soixante-dix que cette défaillance à rendre compte des couleurs plus foncées avait été soulevée.

Sur la photo de la famille assise sur le canapé, il était impossible de ne pas comparer les visages des deux enfants blancs avec les autres visages noirs photographiés. Les premiers étaient bien distincts. On pouvait observer la moue sur le visage du petit garçon, le regard interrogatif et les nuances dorées dans les cheveux de la petite fille. Le visage de l'homme noir à cravate apparaissait en revanche comme effacé, ses traits dilués et sans angles, sauf au niveau des yeux et de la bouche.

Je zoomais sur l'image. La légende de la photographie indiquait « 1974 ».

On voyait un poupon en plastique beige dans le dos d'un des enfants noirs. L'arrière de son crâne apparaissait distinctement lui aussi.

Dans les années soixante-dix, ce problème de calibrage des couleurs foncées était enfin apparu à Kodak. Mais pas par le biais qu'on aurait pu croire. Des entreprises de meuble étaient venues se plaindre au géant de la photographie. J'imaginais une ligne d'hommes blancs et trapus, en costume, avec leurs catalogues d'ameublement sous le bras, les catalogues jetés sur le bureau du directeur, des index pointant une première photo, « voici une commode en noyer », puis une deuxième « voici une commode en acacia », la chemise se gonflant un peu sur le ventre sous l'effet de la colère, « Comment voulez-vous que nos clients s'y retrouvent ? On ne peut pas les différencier ».

Les suivants à se plaindre avaient été des vendeurs de chocolat. J'imaginais la même ligne, les mêmes catalogues, les mêmes index « voici du chocolat noir », « voici du chocolat au lait ». Ils repartaient avec leurs catalogues et la promesse d'avoir été entendus par Kodak.

Ma mère était blanche. Anita était blanche. Maddie, la Shirley que ma mère avait remplacée, était blanche. Sous leurs portraits, le même mot revenait, imprimé, auquel je n'avais pas prêté attention : *normal*. Leur peau était « normale ». Et si leur peau était normale, le reste des couleurs de la photo l'était également. Elles étaient le modèle à atteindre et elles en tiraient de la puissance, assises là sur leurs tabourets, lèvres entrouvertes, joues roses, cheveux lisses, perles de nacre aux oreilles. L'article parlait de la violence qu'elles symbolisaient, la violence d'un regard univoque sur ce qu'était le « normal », qui avait structuré la création même de nos outils techniques les plus quotidiens, les plus banals.

Toute l'histoire de la photographie repose sur un biais inconscient : celui de l'universalité de la couleur blanche, concluait l'article.

J'avais enregistré la référence et la photo de la famille dans un dossier et fermé mon ordinateur. Je n'arrivais plus à dater l'année où j'avais moi-même reçu mon premier appareil photo.

Les portraits de ma mère en Shirley étaient sortis sur la table. À les regarder, je ne savais plus soudain si je me trouvais dans l'appartement d'Alma ou assise sur le tabouret avec elle.

Avant ce récit que ma mère m'avait fait de ces mois passés à Rochester, il y avait eu beaucoup d'autres histoires. Elle avait toujours aimé s'épancher sur le temps qui n'était plus, sur l'enfant et la femme qu'elle avait été. Je ne cherchais pas ces histoires, elles venaient à moi. Celles que je découvrais creusaient malgré elles de nouveaux interstices dans le grand récit que je m'étais fait de son existence. Ce qui saillait faisait apparaître tout ce qui restait encore d'inconnu, c'était en quelque sorte désespérant.

De la même manière que ma mère avait toujours eu besoin de dire, mon père avait toujours eu besoin de taire. Les souvenirs que je tenais de sa jeunesse se résumaient à quelques images. Sur les plus vives figurait son père en bandit des familles, salaud magnifique et adoré, faisant de l'ombre aux autres, images tièdes et pâles, avec sa mère, son frère, sa sœur, ses copains, ses voisins, ses grands-parents.

J'écoutais ma mère, je scrutais son visage. Elle avait toujours eu une manière agaçante de tout mimer avec les mains et, pourtant, je restais accrochée à ces lèvres, à l'apparition et à la disparition de ce grand trait entre ces yeux, à la mobilité de ses sourcils. Si je m'éloignais, elle disait « Tu n'écoutes pas ». Elle se promettait de revenir plus tard à l'histoire. C'était une manière de cacher qu'elle racontait avant tout pour elle-même. Pas pour avoir un auditoire mais sans doute pour se persuader de ce qu'elle avait vécu. C'était le cas de tout humain sans doute mais, pour moi, elle n'avait jamais été un humain comme un autre.

Et ce jour-là plus particulièrement. Toulon. Juillet. L'été de mes douze ou treize ans. Dans la cuisine étroite d'un trois pièces loué pour le mois. Ma mère se lançant dans une longue adresse aux betteraves qu'elle épluchait péniblement avec un petit couteau en bois, le seul du tiroir qui coupait mais dont le manche restait le plus souvent dans la main.

Nos peaux grattaient de soleil et de sable. J'en sentais jusque dans ma bouche et dans la moiteur rosée du repli derrière mes genoux, où j'avais glissé mes doigts. Je regardais ma mère faire, les épluchures sombres tomber sur le papier journal étalé devant elle, mes genoux cognaient contre le bord de la table. Sous les poils blonds, l'un était abîmé. J'étais tombée dans les rochers deux jours avant, alors que nous avions escaladé les plus gros monstres minéraux de la plage avec la fille de l'appartement du dessous. Douze ans comme moi et les dents de devant si écartées qu'elle pouvait y coincer n'importe quoi. Un bretzel, le bâtonnet de sa glace, un coquillage, sa carte du club de voile. Il fallait toujours qu'elle rie, même dans les rochers. Quand elle était partie, mon genou cicatrisé avait pris les traits de ma nouvelle solitude.

J'ignore si c'est le rouge à ses mains, mais ma mère avait entrepris un inventaire des histoires les plus marquantes de sa vie, comme si de les contempler, elle avait soudain été rappelée à une faute.

Ma mère jouait au tennis plus jeune, elle s'était blessé la cheville pendant un tournoi où elle avait fini en pleurs, de la poussière orange jusque dans les cils.

Un jour, dans une file de cinéma, un homme avait ouvert son grand imperméable beige devant elle et lui avait demandé si elle allait voir *La Dame dans l'auto avec des lunettes et un fusil.*

Avec mon père, ils s'étaient perdus une nuit d'été quelque part en Italie. Ils avaient dû garer la voiture et s'étaient réveillés au milieu des champs d'oliviers, dans une lumière de beurre fondu.

La première fois où elle avait vu la mer, elle avait seize ans.

Elle portait une voilette à son mariage et un bouquet de dahlias.

Notre premier appartement avait un balcon qui donnait sur la cour arrière d'un restaurant chinois. Souvent, elle regardait les poubelles fumer en même temps qu'elle étendait le linge.

À sept ans, elle avait surpris une conversation entre sa mère et une voisine. La voisine racontait qu'elle mettait de l'ail dans le potage de son mari pour soigner ses problèmes d'articulations. Le lendemain, elle avait rempli ses poches de demi-lunes blanches pour la petite fille bègue de sa classe.

À l'hôpital, elle était réputée pour ses crocs en caoutchouc violets.

Je venais d'apprendre à marcher, et elle m'avait perdue au supermarché. Quand elle m'avait retrouvée, je crachais des bulles d'une bouillie rose d'un air extatique. Il y avait une dégustation de meringues pas loin du rayon des culottes en nylon.

L'après-midi où sa sœur s'est noyée, ça ne sentait pas la mort dans la maison mais la cire d'abeille. Personne n'avait rien dit lorsqu'on avait marché sur les parquets humides sans les patins.

Elle avait volé une poudre Dream of Scarlet à Prisunic, à quatorze ans, pour l'anniversaire de sa mère. Lorsque celle-ci l'avait giflée, sa joue avait pris la même couleur que le fard dans ses mains.

Elle avait raté deux fois son permis de conduire. Son moniteur d'auto-école s'appelait Guy et il aimait manger des œufs durs pendant les cours de conduite, à même le papier d'aluminium.

Peut-être que ce n'étaient pas exactement ces histoires-là que ma mère avait énumérées dans cette cuisine à Toulon, peut-être que mon esprit en avait agrégé d'autres et rangé dans le même casier de mémoire. Mon père n'était pas avec moi pour se rappeler, il était dans le salon. Je voyais ses pieds nus dépasser par l'encadrement de la porte, ses orteils remuer au rythme des nouvelles écoulées par la radio et s'agacer sous le vol d'une mouche. Ma mère était la garante du récit de sa vie mais aussi du récit de notre vie à trois. C'était un ordre naturel, *notre* ordre tout du moins, que personne ne pouvait contredire. Encore une fois c'était une question de regard. Le regard qu'elle portait sur elle-même, parfois au-delà de nous.

L'année suivante et celles d'après, en revenant dans l'appartement, c'était comme s'il n'y avait pas eu d'autres locataires. Comme si le temps ne bougeait jamais entre nos séjours. Dans le tiroir de la table de nuit, dans la chambre où je couchais, il y avait toujours le même coupe-ongles rouillé, le même vieux tube de crème solaire aux bords jaunes et séchés. Après avoir fait le tour de chaque pièce, mon père soupirait toujours d'aise, les mains sur les hanches, au milieu du salon : « Tout est bien. » Que tout reste figé, c'était plus réconfortant. C'était la promesse d'un bel été. Le même que celui qu'on s'était déjà raconté.

bleu.

« Il ne faut pas dormir, il faut rester hors de soi », Azhar répétait ces mots et secouait son grand corps, la mer derrière lui, les bras si hauts dans le ciel qu'ils révélaient les plumes d'oiseaux noirs nichées au creux de ses aisselles. Je lui criais d'arrêter, j'avais si mal à force de rire que je ne voyais plus rien l'espace d'un instant, seulement la peau de mes bras et de mes cuisses, devenue une matière étrange, piquée par le sel et par le vent qui soufflait beaucoup trop fort ce matin-là sur cette petite plage de Kef Abbed.

L'alcool tapait encore à mes tempes, un bruit long et sourd, venu se confondre avec le bruit de la mer, le déplacement du sable, des oiseaux, des gens, des serviettes de plage rêches. Toute cette ivresse de la veille, dont je peinais à me souvenir autrement que par ce que les autres m'en racontaient. À les croire, une fille, qui me ressemblait étrangement, tournait et tournait sur elle-même, au milieu du salon, là-bas dans l'appartement de l'oncle de Hatem, avec à la bouche les paroles les plus incohérentes.

L'appartement de l'oncle de Hatem était situé en dehors de Sousse. Sur la plage, juste à côté, des fous de Bassan étaient accrochés par dizaines à des tapis d'algues. « Il faut les voir survoler la mer et piquer d'un coup dans l'eau, pour capturer leurs proies », m'avait dit Hatem la première fois, sur cette plage. Depuis, je guettais leur descente du ciel avec leurs longs cous jaunis. Ils me paraissaient incroyablement puissants.

L'appartement était grand mais il n'y avait que deux chambres. Nous étions six, huit, parfois plus. Il y avait toujours Faten, Azhar, Hatem et Karima. D'autres se rajoutaient, Anis, Sara, Inès, Marwan, Saber, Asma, Victor, Jalil, des amis proches du groupe, d'autres des connaissances plus lointaines, que je rencontrais et que j'oubliais. Tant de gens gravitaient autour de Faten et Azhar, tant de gens, que j'avais toujours peur qu'ils me volent un peu de leur lumière.

Le groupe changeait, mais jamais les rituels. Le départ de Tunis, le vendredi après-midi dans les embouteillages. L'arrivée vers 18 heures, les dîners à même le sol de la terrasse, un grand fatras de poissons grillés, de pain, de salades marinées, de chips, de gâteaux au miel et de vin rouge, les marches sur la plage, les nuits qui se confondaient avec les jours.

C'est à Sousse que j'avais vu pour la première fois Azhar sous un mauvais jour. « Arrête de penser qu'il est parfait, avait dit Faten en riant, il sait aussi se mettre en colère, il est même souvent bien pire que moi. » Et j'avais regardé avec stupéfaction Azhar en venir presque aux mains, un soir, avec Hatem, pour une stupide histoire d'argent prêté pour les courses.

Il avait fallu attendre la fin du séjour à Sousse pour retrouver notre Azhar, le vrai Azhar, celui qui riait en écartant les bras sur la plage et en imitant celle que je ne pensais pas être, sous les cris des fous de Bassan.

« J'ai bien cru qu'il allait me tuer tout à l'heure », m'avait dit Hatem ce soir-là, en me prenant la main. J'avais ri de son air grave qui voulait faire oublier le contact inattendu de sa peau contre la mienne. « Te tuer, vraiment ? » Il avait hoché la tête, comme il la hochait tous les jours à Dar El BhArt où il acceptait tout, toutes les tâches, tous les postes, tout ce qu'il fallait pour combler le manque d'argent et de moyens, médiateur culturel, mais aussi un peu administrateur, architecte, technicien, chargé de communication, scénographe, électricien, peintre, trésorier, gardien, infirmier. « Il allait me tuer, et j'ai eu le temps de voir ma vie en accéléré, j'ai eu le temps de regretter de ne pas pouvoir vivre assez longtemps pour ce moment... », il n'avait pas fini sa phrase, il avait ri lui-même de sa tentative lourde et maladroite. Sous la barbe qui lui effaçait la moitié de son visage, je voyais le rouge à ses joues et, quand il a approché ses lèvres, j'ai gardé les yeux grands ouverts. Il avait le goût de la mer, du sel, de cette plage, de Dar El BhArt, de la Tunisie, de la fille qui tournait sur elle-même sans se soucier des regards et jusqu'à tomber par terre.

J'essaierais bien plus tard, en repensant à ce moment, de l'isoler de la fin hideuse entre Hatem et moi, mais je n'y arriverais pas.

J'avais envoyé plusieurs liens à ma mère et des articles traitant de l'évolution des *Shirley cards* dans le champ de la photographie.

J'avais souligné la phrase du premier article : « Ce n'est que dans les années quatre-vingt-dix que des moyens ont été trouvés pour balancer de manière individuelle les tons les plus clairs et les tons les plus foncés, quand les industries de la photo et de la télévision ont accueilli plus de diversité dans leurs programmes et leurs représentations. » À côté, j'avais tapé : « Tu le savais ? »

Les *Shirley cards* étaient devenues multiraciales à ce moment-là. La Shirley blanche avait été rejointe par une Shirley noire, une Shirley asiatique et une Shirley latino.

Un modèle de carte que je trouvais sur Internet présentait une Shirley blanche, aux cheveux blonds et aux yeux bleus. Son corsage et sa couronne de fleurs la situaient quelque part entre l'image de la princesse égarée dans une forêt et celle d'une danseuse folklorique bavaroise. À sa gauche, une Shirley asiatique portait un kimono bleu traversé par un vol de grues et des fleurs de cerisier dans les cheveux. Sur la droite de la carte, une Shirley noire était coiffée d'un foulard jaune, des bijoux lourds et brillants comme des talismans ornaient son cou, ses mains, une tunique épaisse retombait sur son corps. Elles tenaient chacune un violon ou un violoncelle. « Une chanson ? », la question semblait flotter sur leurs lèvres, fendues en sourires, « quelle jolie chanson pouvons-nous vous interpréter ? »

J'avais envoyé une autre photo de *Shirley card* à ma mère. Trois Shirley y figuraient, une Shirley blanche, une Shirley asiatique et une Shirley noire, en joli tailleur des années quatre-vingt-dix. Les costumes stéréotypés avaient été abandonnés. Elles représentaient une féminité conquérante, moderne et assurée. La Shirley blanche était debout. La Shirley asiatique était assise à sa droite et la Shirley noire, assise à sa gauche.

À elles trois, elles formaient une pyramide.

La Shirley blanche en constituait le sommet, comme pour surplomber de sa normalité la singularité des deux autres.

La Shirley blanche me rappelait la nouvelle femme qui partageait la vie du frère de mon père. « Elles se ressemblent », j'avais écrit à ma mère.

Comme la Shirley blanche, elle aussi souriait beaucoup. Elle aussi avait ces cheveux flous et blonds, portait des vêtements sévères, pour faire oublier peut-être son jeune âge et la main qui se collait toujours à son genou, le droit ou le gauche, selon comment elle était assise, la main de mon oncle, un peu forte et rugueuse, un petit animal mort, j'avais pensé une fois, en la contemplant, posée comme toujours sur son sommet.

Je n'avais pas eu de réponse de ma mère. Au bout de deux jours, j'avais pris mon téléphone pour lui envoyer un message. *Je n'ai pas eu le temps.* J'avais répondu *OK*.

Son message était arrivé en même temps que le premier du garçon au sourire rouge. Mes doigts étaient restés suspendus au-dessus de l'écran quand son nom s'était affiché. Il avait demandé mon numéro au garçon amoureux d'Alma. Il espérait que ça ne m'ennuyait pas.

J'avais réfléchi un long moment avant de lui répondre. Pas parce que ça m'ennuyait, mais parce que je ne voulais pas trahir par des mots le tremblement qui agitait mes mains.

Ma mère demandait que je vienne les aider à ranger des cartons. *Ce week-end*. La cave était encombrée. Les cartons de la maison de mes grands-parents et les cartons de mes affaires la rendaient folle. *Tu as du temps de toute faucon*. Elle avait fait une faute en tapant le mot. Elle a renvoyé un message une heure plus tard. *Façon*. *J'avais compris*, j'ai répondu. Elle a renvoyé encore plusieurs messages. Ce serait bien que je reste peut-être même quelques jours de plus, qu'on en soit enfin débarrassés. *On verra*, j'ai tapé, avant d'effacer. *Il faudrait que je reparte dimanche. Pour ma recherche de boulot*. J'ai effacé de nouveau, je ne recherchais rien du tout. *On verra*, j'ai remis. *Tu as lu les articles ou pas ?* Elle ne m'a pas répondu.

Sur la table de nuit de ma grand-mère se trouvaient une photographie de son mariage et une autre de mon père, ma mère et moi. À côté, dans un petit cadre, un portrait de Solange, à trois ou quatre ans.

« C'est qui ? », le visage d'Alma s'était froncé la première fois qu'elle avait vu une photo d'elle. « Ça ne peut pas être ta tante, c'est un bébé. » J'avais gardé mes mains dans mes poches, contemplé avec elle le cliché, la figure asymétrique de Solange, ce quelque chose qui n'en avait jamais fait une belle petite fille, même en sachant qu'elle était morte, chose que je ne pouvais avouer à personne. Je n'avais pas su quoi répondre.

J'imaginais les deux doigts que ma grand-mère portait à ses lèvres puis aux photographies chaque soir, avant de se coucher, comme elle le faisait avant, dans l'ancienne maison, quand mon grand-père était encore là. Deux doigts posés sur les visages de Solange et de ses parents, sur le mur, avant d'éteindre les lumières du salon, puis sur ceux de cousins et tantes éloignés dans le couloir menant à la cuisine, rejetant l'heure d'aller se coucher encore et encore. « Bonne nuit, maman », ma mère n'attendait pas, elle quittait toujours vite la pièce, avant le dernier visage embrassé.

Ma grand-mère avait disposé sa table de nuit à l'identique, dans sa nouvelle chambre. Elle avait conservé une bibliothèque, un fauteuil, un bureau et trois chaises de sa maison.

Ma mère lui avait acheté un petit frigo. Elle l'avait rempli de paquets et de boissons frappés de gros logos rouges « sans sucres ». « Tu me mènes la vie dure », ma grand-mère avait fait claquer ses dents en voyant ça.

Elle les avait longues et brillantes. Elle ne manquait jamais de rappeler qu'elles lui avaient coûté cher à l'époque, lorsqu'il avait fallu tout arracher pour en mettre des solides, qui durent et qui ne fassent pas trop souffrir ses gencives pâles. J'avais été horrifiée le jour où ma mère me l'avait raconté. Les vacances d'après, je n'osais plus la regarder. Dans son visage, je ne voyais que le fantôme de la pince qui les avait arrachées, et sur elle, des taches de sang, comme de nouvelles fleurs ajoutées à sa robe.

C'était étrange de penser que, pendant des années, la situation avait été inversée. Pendant des années, ma grand-mère avait fermé les placards le soir, pour que sa fille ne vienne pas les ouvrir.

Dans son lit, ma mère faisait le compte, avant de s'endormir, de toutes les choses qui se trouvaient dans la cuisine et qui lui étaient interdites. Certains soirs plus que d'autres, le calcul virait à l'obsession. *Ce serait si bon d'aller tremper ses lèvres de plonger ses doigts de racler à même la langue de sentir ses dents cogner contre l'assiette.* L'affaire des placards avait duré de ses seize à ses dix-huit ans, tout au plus, se défendait ma grand-mère. Ce que ma mère semblait oublier, c'est qu'elle avait été bien contente elle aussi, à la fin, d'avoir perdu son petit ventre, ses joues pleines, le haut tendre de ses bras, d'être devenue si jolie qu'on la regardait dans la rue, qu'on voulait prendre des photos d'elle. Ma mère, à cette affirmation, ne répondait rien, se contentait de hausser les épaules ou de dire qu'à cause de l'affaire des placards elle ne s'était jamais débarrassée de cette faim, qui lui faisait compter les choses dans sa tête la nuit. Je savais que c'était vrai aux nombreuses fois où je l'avais vue ranger son assiette et ses couverts et avaler un verre d'une boisson trouble à la place. De son côté, elle ne m'avait jamais rien interdit. Je tenais de mon père un corps tout en angles et en creux, qui lui faisait dire que j'avais de la chance. Elle n'avait jamais eu besoin de préciser par rapport à qui.

« Allô ? », « Allô, grand-mère, c'est moi. » Je me surprenais à serrer plus fort le téléphone dans ma main, à retenir mon souffle, depuis la mort de mon grand-père. Un jour, elle dirait « Qui êtes-vous, je ne vous connais pas ». Le savoir n'enlevait rien à cette peur, à ces quelques secondes suspendues avant ce petit bruit lointain et mouillé, ses lèvres qui se joignaient en un sourire, « Ma chérie, comme je suis contente que tu m'appelles ».

20 heures était une bonne heure pour appeler. À 20 heures, elle pouvait commenter son dîner, le film qu'elle regarderait à la télévision, le programme des activités et des visites annoncées.

Je promettais de venir la voir bientôt. Comme chaque fois, elle demandait combien de temps je mettrais depuis Paris. Comme chaque fois, je lui répondais une heure et demie en train. Comme chaque fois, elle disait que c'était peu. Comme chaque fois, je disais oui.

« Et comment va Shirley Page ? », depuis que je lui avais parlé un jour de mes recherches sur les Shirley, la question revenait souvent. Elle se faisait une image brillante et sophistiquée de la fonction de Shirley, sans pour autant relier cette fonction à ce qu'avait pu vivre ma mère à Rochester. « Cette Shirley Page, elle répétait, quand même... », elle prononçait *Pèdje* et non *Page* avec un certain ravissement dans la voix. J'avais calculé un jour devant elle qu'elles auraient pu toutes les deux avoir le même âge. Elle s'en était sentie plus proche. Nous avions imaginé Shirley Page devenue Mrs Quelquechose, après son mariage, elle avait dû prendre le nom de son mari. « Smith », avait proposé ma grand-mère, « Shirley Smith », « non, Jones », je l'avais coupée. « Pas Shirley Jones, Shirley Jones a vraiment existé. J'ai déjà vu des films avec elle. » J'avais tapé *Shirley Jones* sur Internet. « Tu as raison. Elle est même encore en vie », j'avais cliqué sur plusieurs photos, « elle a fait surtout des comédies musicales ». Ma grand-mère avait grogné « Oui, et bien ennuyeuses ». « Va pour Mrs Smith alors », j'avais conclu. Shirley Page/Smith avait peut-être déménagé plusieurs fois ou même quitté les États-Unis. Son ancienne vie devait être loin, rangée dans un carton au-dessus d'un placard, rappelée de temps en temps parmi d'autres souvenirs, autour d'un dîner.

J'imaginais un Mr Smith, grand et massif, des coudes rouges sous une chemisette blanche fermement appuyés contre la table, « Vous imaginez ? La plus jolie fille Kodak jamais photographiée... Qui a fait naître des générations de Jane Doe après elle ». Shirley riait à côté, lui donnait une tape sur l'épaule pour le faire taire, « Donne-moi donc ton assiette », s'appliquait à racler le jus dans les coins du plat, alors que les souvenirs remontaient un à un, le studio photo, les poses à tenir, le portant débordant de vêtements, les pauses pour décontracter la mâchoire, l'odeur de laque mélangée à celle de la cigarette.

Google m'indiquait trois cent mille résultats pour le nom de Shirley Page. Des milliers de visages de femmes. Sur Facebook, j'avais aussi tenté une recherche, trouvé plusieurs homonymes. Des lieux s'affichaient. Dakota du Sud. Caroline du Nord. Même Genève et Grenoble. Il y avait des photographies de familles, des images de randonnées, de paysages de vacances, de gâteaux à la crème, de bouquets de fleurs et de ciels étoilés, avec des phrases comme *Sisters are different flowers from the same garden* ou *Let's say a prayer today for every person battling cancer* et *Share if you agree* écrit dessous, des images de vies anonymes à dérouler à l'infini, aucune liée à la Shirley Page que nous nous figurerions. Elle était peut-être morte, sans doute même l'était-elle depuis longtemps. Nous n'avions pourtant pas évoqué cette possibilité avec ma grand-mère, Shirley Page/Smith était plutôt devenue une grande sainte, un monstre, un homme, une militante, une meurtrière, nous étions libres de le décider.

Azhar semblait encore plus grand que quelques mois avant. Il était à Paris et je n'arrivais pas à croire que c'était bien le même Azhar qu'en Tunisie, assis là dans un café à m'attendre, à coller ses mains contre sa bouche pour les réchauffer, à les lever d'un coup, en même temps que son grand corps, en me voyant.

Ses cheveux lui arrivaient maintenant aux épaules. « Tu as vu, depuis que tu es partie, je suis devenu sage », il m'a montré les petits fils argentés qui y étaient apparus, a pris un air sérieux pour désigner les miens « mais toi pas, on dirait ». Son rire a éclaté dans toute la salle. Il m'a serrée fort contre lui. Son grand sac à dos de voyage était posé dans un coin.

J'étais en retard. Nous étions restés toute la nuit dans le sous-sol d'un bar avec Alma et le garçon amoureux d'elle. Une de leurs amies y donnait un concert avec son groupe. J'avais proposé au garçon au sourire rouge de nous rejoindre. La fille sur scène avait un corps large et puissant. Dans le noir, je pouvais aussi sentir celui du garçon au sourire rouge à côté du mien.

« Faten et les filles t'embrassent, a dit Azhar, regarde, c'était la semaine dernière dans ma famille, à Gafsa. » Sur l'écran de son portable, les visages de Nour et de Selma se sont affichés. Leurs cheveux étaient emmêlés dans leurs sourires. Elles avaient des coccinelles peintes sur les ongles, et leurs doigts s'agitaient dans les airs comme pour les faire s'envoler. Sur la photo suivante, les coccinelles étaient partout autour du visage de Faten, qui fermait les yeux, comme pour mieux sentir le contact des petites bêtes sur sa peau. « Douze semaines, ça va être long pour elles. »

Azhar a posé son billet Paris-Besançon sur la table. Il parlait très vite et dans tous les sens, de la maison

Marcel-Aymé, de la résidence d'écriture à laquelle il avait postulé et qu'il n'aurait jamais pensé obtenir, de l'administratrice de la maison, qui par un drôle et étrange jeu de correspondance portait comme nom de famille « Hazar », cette administratrice qu'il imaginait avec un corps sec et court, comme les messages qu'elle lui envoyait, *itinéraire, programme de résidence, consignes de logement, livret de bienvenue*, et rien, pas un mot sur les autres artistes résidents, sur les forêts qui entouraient la maison, « parce qu'il y a des forêts, tu sais, juste à côté, avec des arbres grands comme des immeubles », et quand il disait *arbre*, une petite partie se soulevait en moi, d'où surgissait le garçon au sourire rouge, une petite partie qui me surprenait par sa violence.

Azhar allait travailler sur son nouveau projet « Tunis #2999 », une grande fresque sur les bouleversements de ces dernières années en Tunisie, mais transposée dans un monde futuriste.

« Tu viendras me voir ? »

Le temps de lui promettre, et le flot de ses paroles montait de nouveau, comme montait sans doute la mer à cet instant, près de la rue Farhat-Hached où j'aimais trouver refuge, et ça me frappait soudain, de me dire que la mer continuait de monter et de descendre là-bas, alors que je n'étais plus là pour la voir.

Je quittais Azhar devant le métro Gaîté. Il y voyait un signe de plus, une petite lumière à ajouter à sa joie d'être en France pour trois mois.

Son grand corps disparaissait, en même temps qu'il descendait les marches et continuait de me faire signe et de me parler.

Un souffle d'air est passé sur mon visage, qui ne venait pas de la mer mais qui y ressemblait.

Ma mère avait décidé qu'elle ne dirait plus rien. Elle ne l'avait pas exprimé clairement, mais je l'avais compris à la nouvelle tentative que j'avais faite pour qu'elle parle des Shirley, tentative qu'elle avait repoussée en me laissant seule à la cave, au milieu des cartons. Mon père avait été appelé pour dégager les plus lourds mais avait été excusé pour le rangement.

« Tiens, prends ta paire à toi », ma mère était redescendue avec les ciseaux de cuisine. J'avais fait glisser la lame le long d'un premier carton, puis d'un deuxième, ma mère sortait les objets, se parlait à elle-même, la tête en bas, sa chaîne autour du cou tapant contre son menton. Je reconnaissais la plupart des objets, l'odeur surtout me frappait, celle de la maison de mes grands-parents, transportée avec le reste, j'ai senti que ma mère était surprise comme moi, mais qu'elle faisait des efforts pour ne pas y céder, je clignais plusieurs fois des yeux pour faire comme elle, pour me concentrer sur le mouvement de nos mains, sortir empiler enrouler dérouler souffler reconstituer défaire trier, détacher ses gestes du reste, ne répondre qu'à la sensation des cheveux échappés sur la nuque et de l'humidité bordant la ligne du soutien-gorge.

Je me souvenais de ce rituel mécanique mis en place par mon père, à l'époque où ma mère travaillait encore de nuit à l'hôpital. Lier les actions les plus fonctionnelles en une suite propre à rendre chaque soir l'absence de ma mère plus supportable. Laver manger laver déshabiller se coucher écouter l'histoire dormir. Mon père était mon père. Une vérité simple, mais qui me frappait toujours dans ces moments-là.

Ma mère ne m'avait jamais raconté dans son aventure à Rochester la partie de l'absence, justement. Comment mon père et elle avaient réussi à maintenir leur relation alors que des milliers de kilomètres les séparaient. Quand j'avais posé la question, je n'avais eu droit qu'à une réponse vague. Ils s'écrivaient, ils se téléphonaient, à l'époque c'était comme ça qu'on faisait.

« Tu pourras prendre ce tas, si tu veux. » Ma mère avait fait une pile, des plats par-dessus des assiettes. « Pour ton futur appartement. » Puis elle m'avait montré son dos. « Parce que je suppose que tu ne vas pas rester éternellement chez Alma. » Elle avait sorti un objet long et plat de l'un des cartons de vaisselle. « Si ? », je dégageais une boîte sur laquelle avait été écrit au marqueur noir *Affaires chambre 1er étage*, « si quoi ? », elle m'avait montré son dos de nouveau, « D'accord, je ne te poserai plus de questions ». Je plantais les ciseaux dans le scotch du carton. Le bruit était mat. « Je n'avais pas compris que c'était une question. »

Quelque chose est passé sur sa nuque, qui battait. Nous avons continué à ranger la cave. Dehors, le ciel était gris comme le fond d'un évier sale.

Mon père avait posé ses doigts sur son visage, d'abord pour se frotter les joues, puis le front, puis tout le visage quand je lui avais demandé de me parler lui aussi de ces mois d'absence. De savoir ma mère très loin et lui d'être resté au même endroit, est-ce qu'il n'avait jamais eu peur ? Peur de la perdre, je voulais dire. « Peur non. Après, je me souviens qu'elle me manquait beaucoup. Mais on s'écrivait. Ta mère avait le don pour trouver les meilleurs timbres là-bas et me les envoyer. Je recevais ses lettres avec des timbres *Jesus loves you*, *Prevent Drug Abuse*, ce genre de choses... », un petit rire s'était étouffé sous ses doigts, il ne s'était pas rasé depuis quelques jours, les poils faisaient des points sombres sur ses joues. « Te raconter autre chose... Ta mère ne t'a pas déjà tout dit ? C'est elle qui est bonne pour se souvenir de tout. » Je secouais la tête. Je voulais l'entendre, lui. Lui aussi avait vécu cette histoire.

Il croisait les bras. Avec l'âge, il maigrissait. On n'aurait pas penser que ce soit encore possible. Il maigrissait même des bras. Son corps ressemblait maintenant à un grand tas de bois sec. Seuls son nez et ses oreilles ne bougeaient pas. C'était toujours lui qui le disait, avec le même rire que celui qu'il étouffait, en parlant des timbres de ma mère, et aussi des rendez-vous qu'ils se donnaient dans la cabine téléphonique, en bas de chez lui. Il avait gravé le numéro de téléphone des O'Field avec sa clé dans un coin de la cabine. Plus pratique. Jusqu'au jour où quelqu'un avait utilisé le même espace pour dessiner quelque chose. Une femme nue probablement.

Pour les autres détails, il n'y en avait pas. Mon père partageait à l'époque un studio avec un ami, rue du Château, dans le quatorzième arrondissement. Le nom de la rue était trompeur, ils vivaient dans un trou à rats, mais sans rats dedans, même les rats y auraient été trop serrés. Ma mère était partie, mais pour lui la vie était restée la même. En plus chère évidemment, les appels leur coûtaient une fortune à tous les deux. C'était tout ce que je pouvais obtenir de mon père, rien de plus que ce que je savais plus ou moins déjà.

Pour le reste, comme pour tout, je devais interroger ma mère.

Et c'était à se demander parfois si la mémoire de mon père ne fondait pas en même temps que son grand corps maigre ou si elle avait toujours été comme ça, un appendice relié à la mémoire de ma mère, qui ne pouvait se définir qu'en résonance, qu'en écho aux autres et jamais véritablement par elle-même.

Ce qui n'échappait pas à mon père, pourtant, c'étaient toutes les questions que je posais depuis la découverte des photos de ma mère en Shirley. « Je ne dis pas, certaines obsessions sont bonnes… » C'était sa manière à lui de s'engager dans les conversations, un pas après l'autre, ou pas vraiment ; en parlant des Shirley, je ne parlais pas du reste, c'était ce qu'il voulait dire, avant déjà de battre en retraite. Il m'avait donné une petite tape sur le genou, le tapement de genou était un code, depuis toujours, l'important n'était pas là, l'important était que je sois heureuse, le tapement de genou signifiait ça, qu'il n'y avait, en fait, rien d'autre à dire.

Ma mère avait perdu contact avec Julia et la famille O'Field et avec tous ceux qu'elle avait pu rencontrer chez Kodak : Andrew Turner, Anita, Maddie, les deux ou trois ingénieurs et assistantes avec qui elle avait pu sortir de temps en temps, le soir, après le travail. La rupture avec les O'Field n'avait pas été claire. D'ailleurs, « il n'y avait pas eu de rupture », ma mère s'était reprise, il n'y avait pas eu un jour où ils avaient décidé de ne plus se parler. C'était arrivé comme ça, le passage du temps, la distance. Aujourd'hui c'était plus facile de garder contact, Internet permettait tout, mais quand ma mère avait vingt ans, il fallait imaginer un autre monde, une façon différente de se lier aux gens et de rester liés à eux, justement.

Le dernier échange qu'elle avait eu avec Julia remontait au début des années quatre-vingt-dix. Ce n'était même pas un échange, c'était une lettre que ma mère avait envoyée à l'adresse des O'Field et qui n'avait jamais reçu de réponse. Elle avait appris par une ancienne camarade de classe la mort brutale de Georgina, la femme de William, dans un accident de voiture. Elle en avait ressenti une peine immense pour la Julia dont elle se souvenait. Perdre sa mère, elle ne pouvait imaginer douleur plus terrible. Mais que Julia n'ait pas pris le temps de lui répondre, ou que les O'Field aient déménagé, elle était restée seule avec sa lettre. Elle n'avait jamais eu l'assurance qu'elle ait été lue.

J'avais tapé sur Facebook le nom de Julia et j'avais vu le visage de ma mère s'éclairer devant l'un des profils. « C'est elle, on dirait bien que c'est elle. » Une femme du même âge qu'elle se tenait à l'arrière d'une maison, devant un buisson de petites fleurs jaunes. Elle posait avec un homme, « Probablement son mari ? », un grand adolescent et une jeune fille en tenue de diplômée. « Clique pour voir. » Le profil n'apprenait pas grand-chose à part qu'elle vivait toujours à Rochester. Dans la catégorie « profession », il y avait écrit *Educator*. Dans la galerie de photos, on pouvait trouver un portrait d'elle, dans un jardin, l'été. « Elle a toujours la même tête », une ligne blanche courait le long de son crâne, à l'endroit où ses cheveux avaient repoussé sous sa teinture brune, « oui vraiment, c'est incroyable ». Ses chevilles dépassaient d'un pantalon court, elle les avait extrêmement fines par rapport au reste de son corps. Son débardeur faisait des plis au niveau du ventre, il était écrit quelque chose dessus mais seul le haut des mots apparaissait, le bas se perdait dans les arrondis de son corps, on pouvait seulement deviner *Escape*.

J'ai proposé à ma mère d'envoyer un message à Julia de sa part mais elle a refusé. « Pour dire quoi ? » Elle a quand même demandé que je clique sur chacune des photos.

J'ai essayé *Jake* ensuite, mais il y avait encore moins d'éléments que pour sa sœur Julia. Sa photo de profil avait été découpée sur une photo de groupe. Elle était floue mais pas assez pour qu'on ne saisisse pas la forme carrée de sa mâchoire et ses cheveux ras sous une casquette bleue. Il n'avait que quinze amis, dont Julia. Le dernier post datait de 2010, le repartage d'un article sur la situation mondiale de la pêche et de l'aquaculture.

Il n'y avait pas d'Andrew Turner qui correspondait à celui qu'avait connu ma mère, et elle avait oublié les noms de famille de Maddie, Anita et des autres.

Elle n'avait toujours pas lu les articles que je lui avais envoyés. Elle m'écoutait d'une oreille distraite tandis que je résumais ce que j'avais appris sur les mélanges chimiques défavorables aux peaux plus foncées en photographie.

Nous avions fini de déballer les cartons, il fallait désormais attribuer à chaque objet un espace dans la maison.

Ce n'était qu'avec le développement de la photographie numérique, et le déclin progressif de l'argentique, qu'une meilleure représentation des différents types de peaux avait été rendue possible, le numérique permettant l'élaboration d'une palette de couleurs plus élargie et affinée. Ma mère n'avait jamais entendu parler des *Shirley cards* multiraciales. À vrai dire, elle ne s'était jamais posé la question. Anita et Maddie, les deux autres Shirley qu'elle avait pu rencontrer, étaient blanches comme elle, mais elle n'avait jamais réfléchi à leur peau comme à un dénominateur commun.

C'était là tout le problème, elle avait acquiescé à mes mots, en balayant du regard le mur du couloir près de l'entrée, un cadre dans les mains, nous étions du bon côté de cette histoire pour ne pas avoir à remettre en question la façon dont elle avait été racontée. Oui, elle avait encore ajouté. Cette fois, elle avait trouvé le bon endroit, elle avait décroché de son clou une photo pour y mettre le cadre à la place.

Il contenait une illustration abstraite, dans les tons bleus et gris.

Mes yeux y reviendraient tout le week-end. À chaque mouvement, où que je me trouve près de l'entrée, l'illustration accrocherait mon regard. Comme si ma mère s'était trompée d'endroit.

cyan.

J'imaginais prendre un billet pour les États-Unis, relier l'aéroport de Paris-Charles-de-Gaulle à l'aéroport JFK puis JFK à l'aéroport international de Rochester en treize heures, pour m'installer dans un *diner* en face de la Kodak Tower, simplement pour être là, à Rochester, et boire du café qu'une serveuse me verserait en disant *Here you go, doll*, écrire des notes sur un carnet, me gratter au sang à cause des *bed bugs* de l'hôtel choisi pour ses prix cassés et son petit déjeuner gratuit sorti d'un distributeur automatique, rencontrer un homme à la gueule étrange dans un bar *There is nothing around here for you, kiddo. So don't waste your time and get back to being a good girl*, avant de s'écrouler contre l'épaule de son voisin.

Je marcherais dans les rues jusqu'à me perdre. East Avenue, Saint Paul Street, Main Street, Capron Street, Exchange Boulevard, Ford Street, Brown Street, Pleasant Street, Clinton Avenue. Je tracerais des lignes sur mes pages, comme autant de constructions dans ma tête. J'irais à l'adresse d'anciens studios photo pour les trouver démolis, transformés en bar à jus, en salle de boxe, en friperie, en pop-up stores. Je trouverais un moyen pour m'introduire dans le Kodak Park. Eastman Business Park, on me corrigerait, Kodak Park, c'était avant, c'était l'ancien nom. Je me perdrais parmi les bâtiments industriels, rien à contempler, rien à découvrir, tout aurait tellement changé, je retrouverais l'emplacement du bâtiment soixante-neuf, l'endroit défait, la cantine où ma mère attendait que William vienne la chercher, elle aussi disparue, les anciens employés tous partis, à la retraite, ou n'ayant pas connu ma mère, Frenchie Shirley, c'était comme ça qu'on l'appelait pourtant, aucune Shirley n'avait jamais eu de surnom comme elle, c'était ce qu'avait dit Anita, l'autre Shirley, mais rien, personne ne pourrait me répondre, trop d'années avaient passé.

Je rencontrerais un ancien agent de chez Kodak, qui m'inviterait chez lui, pas pour parler de ma mère, mais de la vraie Shirley. *I never met Shirley Page personally. By the time I joined Kodak she was gone, but she was already a legend, you know. Gad, what a catch ! Like to think that my life'd have been really different if I'd ever have her as a coworker. Shhh... She's back*, il me désignerait sa femme, *she doesnt' like when I talk about it.* Il clignerait d'un œil, tout dégringolerait dans son visage, son rire ferait remonter son pull sur son gros ventre. *Don't listen to him, he's senile. He'll probably try and extort money from you soon for his model train collection*. Il rirait de nouveau. J'essayerais de rester concentrée sur mes notes, de ne regarder ni le rose du ventre et ni les trains posés sur les étagères.

Très vite, je me sentirais seule, étrangère, fatiguée, perdue dans cette ville. Je noterais sur le carnet, *je ne sais plus pourquoi ce voyage, pourquoi cette histoire, pourquoi cette ville, pourquoi ce pays*. Plusieurs verres au bar à côté de l'hôtel et je me réveillerais dans une chambre avec un numéro différent. Je la quitterais sans faire de bruit, en me cognant au mur, pour que l'inconnu, allongé et toujours endormi dans le lit, ne se réveille pas. J'irais vomir dans ma chambre, je ferais mes affaires, je volerais une serviette de toilette et un cendrier parce que je ne pourrais pas m'en empêcher, je dirais à un taxi de m'emmener à l'aéroport.

Ce n'est qu'à la sécurité que je réaliserais, des chaussons bleus en papier aux pieds et les mains d'une agente de sécurité entre mes seins et mes cuisses, je réaliserais que dire au revoir à Rochester, ce n'était pas dire au revoir à cette histoire de Shirley, qu'elle serait destinée pour toujours à me poursuivre. Je me désolerais en salle d'embarquement, sans prêter attention aux chewing-gums collés sur mon siège et à leur contact froid contre la paume de mes mains.

Il ne fallait pas réveiller le garçon au sourire rouge. Il dormait à côté de moi, et je me retenais de le secouer pour lui demander si l'image de son corps nu et abandonné sur le sol à côté du mien n'existait pas juste pour moi, s'il pouvait le voir lui aussi.

J'ai contemplé son profil, ses paupières closes, sa poitrine où une tache de naissance lui dessinait comme une entaille, son sexe caché par une toison de poils sombres.

Il devait être minuit. Je me suis levée pour fermer la fenêtre. Je marchais sur nos vêtements. Les chaussures du garçon au sourire rouge étaient étrangement bien rangées dans un coin de la pièce. Dans le miroir de la salle de bains, mon visage était très pâle, du noir avait coulé tout autour de mes yeux. J'ai repensé à son arrivée, nos messages échangés, sa proposition à un moment de se voir, la petite partie en moi qui s'était soulevée de nouveau et qui lui avait dit de venir chez Alma et le garçon amoureux d'elle. J'ai tiré la chasse d'eau avec une infinie précaution.

Quand je suis revenue dans la pièce, le garçon au sourire rouge avait les yeux ouverts. Je lui ai offert à boire. Du Coca, parce qu'il n'y avait rien d'autre. Alma et le garçon amoureux d'elle étaient partis, j'étais seule dans l'appartement. « Du Coca sans bulles », a précisé le garçon au sourire rouge. Son rire. Buée dans le verre. Conscience de mon corps nu dans le froid de la pièce. « On s'organisera mieux la prochaine fois. » Il a passé ses doigts sur mon visage. « C'est qui ? » Ses doigts maintenant sur les portraits de ma mère en Shirley, sur la table. J'ai répondu, « ma mère ». Il a hoché la tête. « Tu lui ressembles beaucoup. »

Il a ramassé son blouson, son pantalon, son pull et son caleçon. Il a enfilé son T-shirt, et la tache sur sa poitrine a disparu sous le tissu. Dernière gorgée de son verre et il m'a embrassée. « Je te dois un Coca du coup. »

Chaque matin, j'observais aussi le corps de Hatem, allongé à côté de moi là-bas à Tunis, la lumière des persiennes remonter sur lui, le transformer en étrange animal zébré de feu, un feu que je retrouvais jusque dans sa bouche, continuellement embrasée par les cigarettes et par son désir pour moi. Hatem était amoureux. Il me le répétait chaque matin jusqu'à ce que les rayures blanches sur son corps se dissipent.

Sans que j'aie pu le prédire ou le mesurer, Hatem était chez moi presque tous les soirs.

Tous les soirs, il se faufilait sans bruit jusqu'à mon appartement. Nous n'étions pas mariés et je me savais observée. Une fille étrangère et seule ne peut amener que le feu autour d'elle, ce même feu qui courait sur le corps de Hatem aux premières heures du jour.

Il montait les escaliers dans le noir. Il comptait, quinze marches par quinze marches, pour arriver jusqu'au bout, sans hésiter, sans s'arrêter au deuxième étage où vivaient le frère de mon propriétaire et sa femme.

Lui aussi, comme Faten et Azhar, m'a dit un jour de me méfier du gardien de mon immeuble. Un soir que Hatem a traversé de nouveau le noir pour venir me rejoindre, ils se sont violemment disputés. J'ai compris que j'avais été insultée. Le lendemain, dans la rue, un cercle de scotch brun entourait l'accoudoir gauche de sa chaise en plastique.

Certaines semaines, je travaillais tellement que le manque de la rue Farhat-Hached me remplissait tout entière. Je ne voyais plus Faten et Azhar que tard le soir, lorsque j'arrachais à Hatem des instants promis avec eux. Faten passait son doigt sur le violet sous mes yeux. « Tu travailles trop », son doigt s'arrêtait comme une interrogation, « ou tu es trop amoureuse ».

Je n'osais plus parler devant elle du projet qui me faisait rentrer tard dans les rues de Tunis, qui me faisait raser les vitrines encore allumées des petits vendeurs d'informatique et de tabac.

Lorsque j'avais évoqué la première fois le projet d'exposition *El dèkhel / À l'intérieur*, qui interrogeait les nouvelles frontières entre espace public et espace domestique pour les Tunisiens depuis la Révolution, elle m'avait interrompue. Elle répétait après moi « Jalil Bouhaged », tant de fois que je l'avais crue malade. « Jalil Bouhaged, ce démocrate de la dernière heure, ce gros dégueulasse qui a toujours été à la botte de Ben Ali, qui l'a lâché juste avant, quand il a senti le vent tourner pour se dire un grand partisan lui aussi de la Révolution, du grand renversement, c'est à ce Jalil Bouhaged que vous allez donner de l'argent, c'est lui que vous allez exposer, sa parole à la place d'un autre, d'un artiste qui n'a jamais menti sur lui-même. »

Azhar était à côté. Il était resté silencieux. J'avais cherché dans ses yeux un soutien de sa part, quelque chose, mais ses yeux avaient dit comme Faten. J'avais gardé mes mains sur mes cuisses, à l'écouter, à ne pas savoir que faire soudain de leur présence, de leur poids au bout de mon corps, à ne pas savoir non plus ce que j'allais répondre à Faten quand elle allait s'arrêter de parler car, nécessairement, ce moment allait arriver.

Je n'arrivais pas à faire coïncider le visage de ce Jalil Bouhaged qu'elle décrivait avec celui que j'avais rencontré dans le bureau de mon directeur, en même temps que les quatre autres artistes plasticiens choisis pour ce projet. Jalil Bouhaged qui avait eu une jolie phrase pour commenter les immeubles gonflés de chaleur par la fenêtre du bureau. Il avait l'air doux et gentil. En partant, il m'avait remerciée et j'avais senti le froid de ses bagues contre ma main qu'il serrait.

Lorsque j'avais raconté l'histoire à Hatem, il s'était montré moins fermé que Faten. Peut-être parce qu'il me comprenait. Ou peut-être parce que, à ce moment-là, nous venions de faire l'amour et que mes cheveux étaient encore étalés sur son ventre humide.

Ce n'était pas moi qui avais choisi les artistes, je n'en avais pas l'autorité, mais comment différencier aujourd'hui ceux qui méritaient d'être estimés et ceux qui ne le méritaient pas ? Dans la Tunisie d'avant, tous les artistes étaient tenus au silence ou à une certaine forme de clandestinité. À quel endroit placer l'intégrité de quelqu'un ?

Hatem écoutait. Je sentais son souffle traverser la toison de sa poitrine, m'arriver jusqu'au visage. Il a repoussé délicatement mes cheveux de son ventre, s'est redressé dans le lit.

— Tu n'as pas connu la Tunisie de Ben Ali. Je ne dis pas que tu ne peux pas comprendre, mais pour ceux qui ont toujours été dans un engagement politique fort, pour ceux qui n'avaient pas peur, malgré les conséquences, d'exprimer ce qu'ils pensaient, c'est difficile de voir des gens comme ton Jalil Bouhaged…

— Ce n'est pas *mon* Jalil Bouhaged.

— Comme *ce* Jalil Bouhaged, a repris Hatem, d'accéder encore aujourd'hui à une forme de reconnaissance, alors qu'une Révolution a eu lieu.

Il a posé ses doigts contre ses yeux.

— Enfin… *Révolution*… Même si je ne sais plus vraiment ce que ce mot veut dire.

Sur sa main droite, un ourlet rose courait de son index à son pouce. Un mois avant, il s'était blessé sur une vieille machine à bois, en découpant un morceau de décor. Les enfants du centre avaient dû peindre par-dessus les fils rouges de sang laissés sur le fronton sculpté.

« Tout ça, c'est très compliqué. Des Tunisiens comme lui, sous Ben Ali, il y en avait plus que des vrais, des forts, tu sais. De la sécurité et du pain, *khalass*, c'est tout ce que demandent les gens parfois pour vivre. Aujourd'hui, c'est même ce à quoi rêvent la plupart des Tunisiens, je le sais, Faten le sait, Azhar le sait, tout le monde le sait. Même pas deux anniversaires du 14 Janvier que les gens en ont déjà marre. De l'instabilité, des manifestations, de la hausse du prix de la vie, de la menace salafiste, regarde dans les autres pays, l'Égypte, la Libye... tout ça, ça fait peur. Le changement fait peur. C'est même terrifiant parfois. »

Hatem s'est relevé pour remettre son caleçon. J'ai suivi des yeux les angles de ses omoplates, les ai regardées s'ouvrir et se fermer à la recherche de son paquet de cigarettes, dans la poche de son jean, étalé par terre.

Il a entrouvert la fenêtre, la rumeur de la rue est entrée dans la chambre, une motocyclette a recouvert le bruit du briquet et de la première bouffée dirigée vers le ciel blanc.

« Azhar t'a déjà raconté son arrestation ? L'histoire du faux cabaret ? »

Les omoplates ont continué de se plier et de se déplier, tandis qu'il faisait tomber la cendre de sa cigarette par-dessus la fenêtre.

C'était au tout début, quand Azhar avait décidé qu'il allait consacrer sa vie à la danse et au théâtre. Ils étaient tous très jeunes, le début de la vingtaine. Il fallait imaginer Azhar avec les cheveux encore plus longs qu'aujourd'hui, sans fils argentés dedans, un corps tout maigre de grand oiseau, d'homme à peine sorti de l'adolescence. Il organisait des performances avec d'autres danseurs, là où il pouvait, dans des maisons de la culture, dans des bâtiments désaffectés, des chantiers en construction, des parcs. Cette nuit-là, ils avaient joué juste entre eux. Il n'y avait que quelques personnes dans le public, seulement des amis. La pièce était très politique, comme tout ce que faisait Azhar à l'époque, très politique avec des accents burlesques. Personne n'avait su comment, mais la police était arrivée. Outre l'outrage au président Ben Ali, dont ils s'étaient rendus coupables, ils avaient été soupçonnés d'homosexualité et tous soumis à un test anal. L'affaire avait été finalement étouffée grâce à l'oncle d'un des danseurs, un haut fonctionnaire avec des relations et de l'argent. Tout s'était terminé sauf pour l'un d'eux, Khalil, qui avait été testé positif et condamné à plusieurs semaines de prison. Les premiers jours, les policiers avaient refusé qu'il enlève son costume. Ils le faisaient parader au milieu de tous les autres avec ses escarpins et ses collants en résille.

Il y avait eu d'autres histoires avec la police après, mais c'était celle du faux cabaret qui avait le plus marqué Azhar. Il n'en parlait jamais.

Hatem est revenu s'allonger sur le lit. Son bras s'est tendu pour venir entourer mes épaules. Quelque chose a remué sous ma peau.

— Tu y étais aussi ? Tu t'es fait arrêter avec eux ?

La main de Hatem est descendue de mes épaules jusqu'au milieu de mon dos.

— J'étais à Sousse pour une fête de famille. Je ne l'ai su qu'après. Quand ils sont sortis. Je suis rentré à Tunis dès que Faten me l'a appris.

— Et Khalil ?

— Khalil est resté en prison.

— Qu'est-ce qu'il est devenu après ? Il ne danse plus avec Azhar aujourd'hui ?

Hatem a fait non de la tête.

— Personne n'a plus vraiment de contact avec lui. Il a déménagé à Gafsa, il s'est marié, il a eu trois enfants, il est devenu très religieux. C'est tout ce que je sais.

Sa main remontait. Genou. Cuisses. La mienne voulait attraper ses doigts, les arrêter, les repousser soudain très loin de moi.

— Faten aura vite oublié Jalil Bouhaged. Surtout si tu arrêtes de lui en parler.

Hatem a jeté sa tête sur l'oreiller.

La pièce paraissait s'être rétrécie autour du lit. L'air se déplaçait en gros blocs chauds. Je me suis raccrochée aux bruits de la rue lorsque j'ai finalement pris la main de Hatem pour la guider en moi.

Mon obsession pour les Shirley avait pris des proportions telles que mes recherches sur Internet occupaient la plupart de mes journées. J'étais arrivée au bout, mais je cherchais encore. J'ouvrais des onglets, je revisitais des forums, je téléchargeais une thèse sur « le corps comme objet en photographie contemporaine », j'ouvrais des vidéos contenant *Kodak* dans leurs titres, je surfais sur des sites recensant des anciennes publicités TV. J'avais visionné sur YouTube l'interview d'une ancienne mannequin dans les années quatre-vingts aux États-Unis. Le descriptif de la vidéo disait qu'elle avait travaillé pour Kodak. Mais elle n'avait pas été une Shirley, plutôt une « *Kodak Girl* ». Un mannequin pour les publicités de la marque diffusées dans les magazines ou à la télévision. Kodak avait inventé l'archétype d'une grande et belle fille, à la beauté naturelle et à la peau blanche, qui souriait à l'objectif pour vanter la facilité d'utilisation des petits appareils photo, « maniables aussi bien par les femmes que par des écoliers ».

La fille de la vidéo s'appelait Barbara. Plus précisément, elle avait été une « *Kodak Summer Girl* ».

Chaque année avait la sienne. Il y avait la *Kodak Summer Girl* 1964, la *Kodak Summer Girl* 1965, la *Kodak Summer Girl* 1966... La fille qui, chaque été, par une nouvelle campagne de publicité, allait aider à imprimer dans toutes les têtes l'idée que les vacances, surtout celles passées en famille, constituaient un temps à part, suspendu, qu'il était précieux de capturer pour s'en souvenir plus tard.

Les *Kodak Summer Girls* étaient souvent imprimées grandeur nature et découpées dans de grands cartons, exposés dans les magasins ou les supermarchés.

J'imaginais les chariots passer à côté de ces silhouettes en maillot de bain ou en tenue de plage, l'envie de porter la main sur la peau qu'on devinait si tendre malgré le carton, la douceur chaude et dorée des cuisses et des bras nus, le fantasme de sentir la fille aussi vivante, aussi palpable que le paquet de viande hachée ou que le baril de lessive mis sur le tas, dans le chariot.

J'avais été déçue par la vidéo de Barbara. Elle parlait de son travail pour Kodak à partir de 2 minutes 30, ce qui avait laissé présager que le reste de la vidéo pouvait revenir sur son expérience là-bas. L'interview durait quarante-deux minutes. J'avais déplacé le curseur sur la barre de progression pour accélérer. Le visage de Barbara se contractait à chaque avancée. Elle avait un grand front et des paupières mauves qui s'abaissaient dès que je mettais la vidéo à l'arrêt. Je n'avais pas pu saisir d'autres occurrences de « Kodak » dans les quarante minutes restantes. Par peur d'avoir raté quelque chose, j'avais rejoué la vidéo, cette fois, sans accélérer. Barbara parlait de sa carrière de mannequin puis d'actrice. Et aussi de ses deux mariages et de ses enfants.

Elle disait des phrases comme « à mon âge », avec des tournures négatives derrière comme « jamais plus », alors qu'elle avait l'air de ne pas avoir quarante ans.

Elle avait chaussé de grosses lunettes à monture dorée à la fin de la vidéo, ses paupières mauves avaient disparu derrière. La caméra tournait encore. Barbara avait remercié la personne qui posait les questions, elle demandait si elle avait bien répondu à ses attentes. Quelque chose dans son visage s'était éteint, la lumière de quelqu'un qui se sait en représentation.

Elle n'avait pas reparlé de Kodak, à part pour répéter ce qu'elle avait déjà dit : qu'elle avait été une *Kodak Summer Girl* dans les années soixante-dix.

J'avais demandé à ma mère si nous avions gardé des photos de nos étés à Toulon, et surtout des photos de cet été où elle épluchait des betteraves dans la cuisine en énumérant des souvenirs qu'elle n'avait jamais racontés avant. Mais elle avait oublié les betteraves.

À la place, elle avait évoqué d'autres images, empruntées à d'autres vacances, d'autres étés.

Elle me revoyait pourtant le genou plein de sang et de sel d'être grimpée trop haut dans les rochers, avec la petite voisine à la peau si blanche, si translucide, comme les méduses que le vent poussait souvent vers notre plage.

Pendant ces vacances, ma mère prenait des photos, disait « Souriez, regardez-moi », capturait les petits événements avec l'appareil de mon père, une vieille machine comme elle m'apparaissait à l'époque, rangée dans une petite sacoche noire qui gardait les traces de doigts l'été.

Elle avait été la fille de la publicité elle aussi, à souffler que c'était important de fixer nos histoires, de faire un double de ce temps vécu, au cas où quelque chose provoquerait sa perte.

Je n'avais pas de double de cet instant dans la cuisine.

Ma mère n'avait finalement retrouvé qu'une seule photo de notre été.

Barbara parlait dans la vidéo du fait qu'elle s'était retrouvée veuve à trente-deux ans. Son mari avait fait une crise cardiaque alors qu'il avait entrepris l'ascension du pic d'Orizaba au Mexique. *The hardest thing was to feel…*, elle cherchait ses mots, … *was to think that every memory we shared was going to die with him*. Une ombre était passée sur son grand front.

Je me retrouvais seule moi aussi avec ce souvenir. Plus j'y repensais, plus les doigts rouges de ma mère devenaient flous.

La photo qu'elle avait retrouvée de cet été à Toulon nous montrait toutes les deux sur le port. Je tirais sur ma couette comme pour m'élever vers le ciel. Un duvet blond dorait dans la lumière autour de mon nombril, que dévoilait un T-shirt beaucoup trop court.

C'était le même été que celui de ma chute dans les rochers, ma mère n'en démordait pas. L'été, sans doute aussi, de la liste de ses souvenirs énumérés dans la cuisine. Son doigt avait pointé mon genou sur la photo, le pansement qui, avec les bains de mer, avait commencé à se décoller. Mon père était absent de la photo, il était resté seulement quelques jours, ma mère et moi avions fini le mois de juillet seules.

« Je t'avais mis une gifle cet été-là. Je te revois encore, sur le balcon, à t'agiter dans tous les sens. Tu refusais de finir ton assiette. Tu avais pris le petit tas de restes dans ta main et tu l'avais jeté par-dessus la balustrade. Tout avait atterri sur la terrasse du voisin d'en bas, tu riais, riais, tu avais dit "Tu imagines si ça avait atterri directement entre les seins de sa femme", ses seins qu'elle faisait bronzer dès les premières heures de la journée. » Elle fascinait tout l'immeuble, la femme du rez-de-chaussée, avec son corps tout brun et ridé comme une pomme oubliée au fond d'un bac à légumes. Et alors ma mère avait perdu patience, sa main avait fini sur ma joue.

Je n'avais aucun souvenir de cette gifle, seulement de celle reçue un jour chez mes grands-parents. J'étais partie marcher seule, un paquet de cigarettes déformait la poche de mon jean. Je m'étais éloignée des chemins où j'avais le droit d'aller et j'avais arrêté une voiture au bord de la route pour demander à être ramenée. J'avais quatorze ans, le conducteur, vingt-cinq, ou peut-être trente. Il était très gentil. Il avait raconté qu'il avait une petite sœur du même âge que moi. Il avait une vieille bagnole, avec plein de trucs dedans. Je piétinais le carton d'un pack de bières et une carte routière à l'avant. Il avait désigné ma poche. « Tu as une cigarette ? » Puis il avait désigné le sapin qui pendait à son rétroviseur. Parfum Artic White. « Il sent plus rien, parce que mon chien en a bouffé la moitié la semaine dernière. » Il fumait avec la cigarette entre son pouce et son index. En me déposant devant la maison de mes grands-parents, il avait dit « Salut », il avait dit que ça faisait plaisir de parler un peu avec quelqu'un. Pour le remercier, je lui avais laissé le paquet de cigarettes. J'étais contente de ne plus l'avoir sur moi quand ma mère m'avait giflée.

Les souvenirs ne se choisissaient pas, quelque chose choisissait pour vous, avait aussi soufflé Barbara dans sa vidéo.

Une hypothèse revenait parfois dans certains articles sur Internet.

Shirley Page n'a peut-être jamais existé.

J'avais lu cette phrase, sans la lire. Ou plutôt sans la comprendre. Là aussi, quelque chose avait choisi pour moi.

Il n'y avait pas d'autre façon de l'expliquer.

On disait que Shirley s'était mariée et qu'après avoir passé du temps chez Kodak, peut-être même plusieurs années, elle avait dit adieu à ses collègues, au Kodak Park, à sa vie d'avant, pour se consacrer à son nouveau destin d'épouse. Personne ne savait ce qu'elle était devenue. Personne ne semblait trouver étrange de n'avoir jamais vu son visage réapparaître quelque part, au détour d'un journal local, à la télévision ou sur Internet. Elle n'avait pas été la vedette d'un reportage sur « les métiers de la photographie » ou sur « les figures oubliées de Rochester » ou sur « le centenaire du géant Kodak ». Elle n'avait pas fait de déclaration officielle au sujet du respect de sa vie privée, pour proclamer que son passé était son passé et qu'elle ne désirait plus parler de ces années-là.

NPR a tenté pendant des mois de la trouver, disait un article. *Sans succès.* L'un des médias américains les plus puissants avait été à sa recherche, mais Shirley Page s'était envolée, à jamais disparue, et avec elle son visage, répliqué par centaines grâce à ceux de ravissantes jeunes femmes. De jolies copies, alors même que l'original était perdu.

Si Shirley Page n'avait jamais existé, elle aurait pu s'appeler Sally Campbell. Evelyn Burns. Lisa Pearson. Le même type de noms que ceux inventés dans nos jeux par ma grand-mère et moi.

« Shirley » venait du vieil anglais *scire*, qui signifiait « lumineux, clair » et de *leah*, « le champ, la prairie ».

Étendue de lumière, blancheur irradiante d'une peau. « Lisa Pearson, ça n'aurait jamais marché », j'imaginais la tête de ma grand-mère se secouer. « Page, elle aurait continué, Page… » Elle aurait pris son temps car elle aurait cherché ses mots. « Page. Une surface blanche aussi. L'espace aux quatre coins duquel tout peut être inventé. » « Un nom parfait, Shirley Page », elle aurait fait rouler le nom encore une fois dans sa bouche. « Ce sont parfois les pires mensonges qui ont l'air les plus vrais », elle aurait conclu, d'un air un peu fier, dos penché comme à chaque fois qu'elle réussissait à tirer jusqu'au bout le fil d'une réflexion.

L'hypothèse de l'invention d'une personne nommée « Shirley Page » allait de pair avec celle que le mot de « Shirley » serait, en réalité, lié à une expression née aux États-Unis au milieu des années cinquante, une expression inventée par le romancier Herman Wouk.

Prix Pulitzer 1952 pour son livre *Ouragan sur le Caine*, Herman Wouk était aussi l'auteur de *Marjorie Morningstar*, un roman qui narrait les jeunes années d'une fille de juifs new-yorkais cherchant à devenir actrice et qui tombait follement amoureuse d'un homme. Dans *Marjorie Morningstar*, « une Shirley » désignait de manière péjorative une jeune femme bien élevée recherchant, au-delà de toute ambition artistique ou professionnelle éventuelle, un homme qui puisse lui apporter le confort d'un foyer et la stabilité d'une vie de famille.

J'avais tapé le nom du livre sur Internet. Il n'existait pas de traduction française. Il pouvait seulement être expédié sous une semaine depuis les États-Unis. J'ai cliqué sur le bouton « acheter ».

Marjorie Morningstar avait été adapté en film à la fin des années cinquante, avec Natalie Wood et Gene Kelly. Le film s'appelait *La Fureur d'aimer*. Le titre me disait vaguement quelque chose, ou peut-être que je le trouvais beau et que la beauté suffisait parfois à vous rapprocher des choses.

Comme l'avait fait Shirley.

Shirley qui n'avait peut-être jamais existé.

vert.

Les années avaient transformé les mois passés à garder les enfants Jansen-Walsh à Rochester en une somme d'impressions. Le temps pouvait parfois rendre certains souvenirs plus pâles que d'autres, j'en faisais déjà l'expérience moi-même, et ma mère n'avait jamais pu retrouver par exemple le nom du petit garçon qu'elle avait pourtant tenu dans ses bras plusieurs heures par semaine – était-ce Walter ou Peter ? Sa grande sœur s'appelait Susie, de cela elle se souvenait, et aussi du fait qu'ils n'étaient pas des enfants plus terribles ou plus sages que d'autres.

Avant l'arrivée de ma mère, une autre jeune fille, française elle aussi, s'occupait d'eux, et les parents – comme leurs prénoms lui échappaient également, ils étaient devenus dans son récit « Jansen-Walsh Père » et « Jansen-Walsh Mère » – avaient exigé que ma mère parle le plus possible en français à Susie et Walter/Peter. Il était important, surtout pour Jansen-Walsh Mère, que leurs enfants s'ouvrent à d'autres cultures. Avant l'autre Française, il y avait eu une jeune fille japonaise, et le regard de Susie se contractait parfois sous la récitation des quelques mots que la jeune fille lui avait appris. Une phrase revenait souvent, que ma mère avait fini par identifier. *Watashi wa kanashīdesu*, répétait Susie. « Je suis triste », et ma mère était restée longtemps, son doigt sur la page du dictionnaire japonais-anglais, à imaginer la jeune fille au regard gris qui avait dû vivre avant elle dans cette maison.

Plusieurs fois par semaine, quand Jansen-Walsh Mère devait rentrer tard, ma mère allait chercher Susie et Walter/Peter à l'école, les ramenait chez eux, leur préparait des tartines dont elle devait toujours finir les bords, jouait avec eux, les emmenait au parc, les baignaient, les faisaient dîner, les couchaient.

Jansen-Walsh Mère et Père l'invitaient certains week-ends à venir chez eux, quelquefois pour partager un repas, quelquefois pour des heures supplémentaires, lorsqu'ils recevaient des amis et qu'il fallait aider Jansen-Walsh Père à nettoyer les chaises du jardin au jet d'eau et Jansen-Walsh Mère à préparer des portions individuelles dans des assiettes en carton. Elle était aussi chargée de s'occuper des enfants et de répondre poliment aux questions des invités, lorsqu'elles les débarrassaient de leurs verres et de leurs serviettes en papier tachées.

Elle s'était rendu compte qu'elle recevait plus d'attention lorsque son accent français était plus marqué, par fatigue ou inadvertance. Elle était interrogée alors sur la France, ses études, sa famille, ses impressions sur Rochester, son avis sur la politique américaine. Autrement, elle n'était dans ces soirées qu'une de ces filles invisibles qui ne reprenaient leurs contours qu'à l'appel de quelqu'un pour sauver un habit étoilé de vin ou des pieds gonflés dans des chaussures trop hautes.

Un soir, les Jansen-Walsh avaient insisté pour organiser un dîner avec un nouveau collègue de Jansen-Walsh Père dont l'épouse était française. Cette soirée était une bizarrerie dans la mémoire de ma mère. Contrairement au reste, elle s'en souvenait avec précision. Peut-être parce qu'elle s'était sentie humiliée par l'épouse française, qui l'avait toisée dès son arrivée, alors que ses escarpins s'enfonçaient dans l'herbe. Elle portait une robe moulante blanche et une veste courte en matière épaisse, d'une grande marque. Un énorme collier en or reposait sur ses clavicules, qu'elle avait très marquées. Quand ma mère lui parlait, elle portait toujours sa main droite dessus et c'était à se demander si, par ce geste, elle ne voulait pas protéger son collier du regard de ma mère.

« *Nice to meet you* », l'épouse française avait déclaré, et il avait fallu les encouragements de Jansen-Walsh Père et Mère et de son mari pour qu'elle accepte d'échanger quelques mots en français avec ma mère. Elles avaient le même âge, mais l'épouse française en paraissait dix de plus, et son mari en avait réellement dix de plus encore. De ce que Jansen-Walsh Mère lui avait dit, ils venaient de se marier, et l'épouse française avait tout quitté pour venir s'installer avec lui à Rochester. Elle n'avait pas d'enfant, pas d'emploi et les journées devaient être longues dans sa grande maison du quartier de Browncroft.

Lorsque les Jansen-Walsh avaient évoqué l'emploi de Shirley de ma mère chez Kodak, l'épouse française l'avait détaillée de manière désagréable, en même temps que son nez s'était pincé, comme sous le coup d'une mauvaise odeur, et sa main s'était de nouveau portée sur son collier quand son mari avait suggéré d'inviter ma mère chez eux, pour qu'elles puissent apprendre à mieux se connaître. « Ce n'est pas parce que nous partageons une nationalité que nous devons partager autre chose », elle avait dit alors à voix basse en français, sachant que ma mère serait la seule à la comprendre.

Elle avait été soulagée quand la fin de la soirée était arrivée et que l'épouse française était passée une dernière fois à la salle de bains. Elle avait remis du rouge à lèvres avant de partir, et ma mère s'était rendu compte, avec une certaine satisfaction, que du rouge s'était fixé sur ses dents lorsqu'elle avait souri pour dire au revoir aux Jansen-Walsh.

Ma mère avait été plus heureuse en posant pendant des heures au Kodak Park qu'en passant du temps avec Susie et Walter/Peter. L'idée d'arrêter ses études de traduction pour s'occuper des autres grandissait alors lentement dans sa tête, mais elle ne semblait pas la relier avec son expérience auprès de deux jeunes enfants.

Elle en parlait souvent avec Anita, l'autre Shirley, pendant leurs pauses, en bas du bâtiment soixante-neuf ou dans un grill-room près du bâtiment qui abritait une salle de cinéma dans le Kodak Park. Elles aimaient s'y retrouver pour déjeuner. Anita prenait toujours une énorme pièce de viande qu'elle ne terminait jamais. Ma mère la soupçonnait de commander la même chose uniquement pour le plaisir, une fois son repas achevé, de planter un à un ses mégots de cigarettes dans la chair refroidie.

Elle n'acceptait d'y déjeuner que lorsque ses séances de photographies avec Andrew étaient finies pour la journée.

Un jour, elle somnolait tant sur son tabouret qu'il lui avait dit de descendre et de se rhabiller. Elle venait de partager avec Anita, son fiancé et un collègue du département audiovisuel, un de ces hamburgers servis à la chaîne dans des boîtes en carton, pas un, mais plutôt deux ou trois, une débauche dans laquelle elle se laissait de plus en plus souvent entraîner ces dernières semaines.

La journée de travail était perdue.

Elle avait essayé de parler avec Andrew, de s'excuser, un café et elle serait complètement réveillée, elle pourrait finir la séance.

Il n'avait rien voulu entendre. Les photos étaient mauvaises, elle n'était pas concentrée. Il valait mieux remettre la séance au lendemain.

Il lui tournait le dos, il rangeait déjà son matériel, comme s'il ne l'entendait pas. Dans ces moments-là, quand il était concentré ou trop énervé pour parler, sa nuque paraissait encore plus large et blanche sous ses cheveux noirs, rien ne semblait pouvoir faire plier la raideur qui s'en dégageait.

Son boulot n'était pas seulement de se pointer à l'heure et d'enchaîner les poses sous son objectif, avait dit Andrew, son boulot, c'était aussi de prendre soin d'elle.

Ma mère s'était soudain sentie honteuse, et en colère, mais surtout honteuse. Il n'avait pas eu besoin de pointer le doigt vers son corps, vers son ventre et ses cuisses qu'elle contemplait le soir, surimpressions rougies, coutures des vêtements qui lui marquaient la peau : elle avait pris du poids, elle le savait.

Images des petits tas froids qu'elle finissait toujours dans les assiettes de Susie et Walter/Peter, des dîners chez les O'Field, des boîtes en carton grasses partagées avec Anita sur les genoux, des sucreries aux emballages inconnus et attirants dans les supermarchés, tout défilait dans sa tête quand ses poings s'étaient serrés. Arrêter les images. La raideur dans la nuque d'Andrew.

Sa peau était devenue plus grise aussi. Depuis quelques semaines, elle avait du mal à dissimuler de petits boutons qui apparaissaient sous sa peau, au niveau des tempes et du menton. Avec ses cheveux, il était facile de dissimuler les premiers mais pas les deuxièmes. Elle devait utiliser de la poudre et prier pour qu'avec la lumière du studio ils disparaissent sur les photos. Andrew avait dû les compter sur sa peau, lui aussi.

Quand elle en avait parlé à Anita, elle avait haussé les épaules, dit qu'il ne fallait pas qu'elle s'inquiète. « Tu es là pour quoi ? Encore quatre mois ? Laisse-toi respirer, *love.* » Elle avait raison, poser sur ce tabouret n'était pas sa vie. Mais ce n'était pas Andrew le problème. Elle aurait aimé disparaître quelquefois. Ne plus avoir de corps. Peut-être qu'elle ne se le formulait pas ainsi à l'époque, mais maintenant que quarante ans avaient passé, maintenant qu'elle avait vécu, qu'elle était devenue mère, qu'elle avait arrêté de saigner tous les mois, elle se disait que c'était une sensation proche de celle-ci qui avait dû la traverser, alors qu'Anita avait encore la main posée sur sa cuisse, une si petite chose la main d'Anita, qui faisait paraître sa cuisse encore plus épaisse, encore plus monstrueuse à cet instant précis. Anita n'avait pas ce problème. Anita était si fine. Et c'est peut-être pour cette raison qu'Anita ne pouvait pas comprendre.

Frenchie Shirley. Elle aimait bien être cette fille sur le tabouret, occupée à sourire à Andrew et à poursuivre un objectif de perfection avec lui. Corps + regard + lumière, multiplié par un *x*, équation si simple en apparence, mais tout était dans ce petit *x*, l'atteinte de l'équilibre parfait, la fusion dans un espace-temps des deux réalités : celle de son corps en train de poser et celle du regard d'Andrew.

Anita éludait toujours ces questions, car elle s'en fichait. Elle avait accepté d'endosser ce rôle de Shirley pour la simple raison que ses séances sur le tabouret étaient une respiration dans ses journées assises à son bureau de secrétaire, mais voilà qu'être une Shirley commençait aussi à l'ennuyer. Andrew était quelqu'un de brillant, pourtant il pouvait se montrer si rigide parfois. Une fois son appareil dans les mains, il n'était plus le même Andrew croisé dans les couloirs et dans les bars à la sortie du Kodak Park, il donnait l'impression d'avoir *une mission*, d'être *supérieur*, et ça, ça devenait insupportable. « *Relax, Andrew* », elle lui répétait, en sachant qu'il ne ferait que s'en agacer davantage. Elle avait commencé à prendre en grippe ces robes et ces chaussures qu'elle devait enfiler, toujours les mêmes, ces rituels qu'elle devait accomplir à chaque fois en arrivant et en repartant, et Andrew derrière qui vérifiait tout, « Remets bien la brosse à cheveux à sa place, il y a une tache sur la robe au niveau de la taille, regarde si tu peux t'en occuper ».

Anita exagérait mais Anita s'en fichait, parce que bientôt elle ne serait plus là. Avec son fiancé, ils devaient déménager en Caroline du Sud. La famille de son fiancé habitait là-bas. Ils avaient prévu d'avoir des enfants rapidement. Ils attendraient quand même d'être mariés. Ça n'aurait pas dérangé Anita d'en avoir avant mais son fiancé y tenait. Leurs familles étaient plutôt du genre conservateur.

Quand ma mère était rentrée en France, elle avait échangé deux ou trois fois avec Anita. Une fois par téléphone et les autres fois par courrier. Dans la dernière lettre, Anita lui apprenait qu'elle était enceinte. Une tornade venait de toucher le sud de l'État. Devant l'immense colonne bleue qui fonçait sur eux, elle n'avait même pas eu peur que l'accouchement se déclenche, elle était si énorme, elle avait écrit que même une tornade n'aurait pas pu la soulever. Elle demandait, à la fin de sa lettre, si elle avait eu des nouvelles d'Andrew et des autres, à Kodak. Elle avait des images dans la tête qui tournaient, du bureau, de ses collègues, du labo photo, des allées artificielles qui couraient entre les bâtiments, des arbres plantés en ligne droite et à égale distance, des bâtisses austères, du grill-room, du ballet des voitures dans les parkings, des pelouses élimées, du gris qui se collait à tout, même aux panneaux jaune et rouge, même quand le ciel était bleu au-dessus. *C'était quand même bien*, Anita avait écrit.

« Chokri Belaïd a été assassiné. » Hatem a répété cette phrase plusieurs fois au téléphone. J'étais dans la cuisine, et le carrelage était gelé sous mes pieds. Je n'ai pas compris tout de suite. « Chokri Belaïd a été assassiné devant chez lui ce matin. Plusieurs balles. On lui a tiré dessus. »

L'eau bouillait dans la casserole. J'ai coupé le feu.

Hatem parlait toujours. Je me suis retenue de lui demander si, malgré Chokri Belaïd, il avait pu se procurer le chauffage finalement, comme il l'avait promis. L'appartement était glacé depuis des jours, l'hiver humide s'infiltrant partout, sous toutes les vitres et tous les murs seulement habitués au soleil, à la chaleur de l'été qui semblait ne jamais finir, c'est pour ça qu'il était parti ce matin, pas pour m'annoncer la mort de Chokri Belaïd au téléphone.

J'ai soufflé sur mes mains, je les ai posées sur le radiateur du salon. Il était brûlant mais pas assez pour contrer le froid sous les fenêtres.

Chokri Belaïd, l'opposant politique, le secrétaire général du Watad, le Parti unifié des patriotes démocrates, avait été assassiné. Je n'étais plus très sûre de son visage, mais bientôt son portrait est venu tourner en boucle à la télévision. Son épaisse moustache noire. Son éternelle casquette marron. Sa robe d'avocat. Et, dessus, toujours ces cinq lettres, Watad. Faten, Azhar, Hatem et les autres le connaissaient bien.

Lorsque Hatem a rappelé, il était midi.

— Où es-tu ?

— Devant le ministère de l'Intérieur.

J'étais au bureau. Depuis le début de la matinée, il m'était difficile de travailler. Je devais relire les épreuves du catalogue de l'exposition *El dèkhel / À l'intérieur*. La climatisation me parvenait par petites vagues chaudes sur le corps. J'ai pris la télécommande pour augmenter encore un peu la température.

— Les gens continuent d'arriver, il y a beaucoup de monde. On est plusieurs centaines déjà. Cette fois, Ennahda ne va pas s'en tirer comme ça.

Le boîtier au mur a ronronné, en émettant une odeur de poussière.

Il y avait du bruit derrière Hatem, une foule qui scandait des phrases, le nom de Chokri Belaïd revenait, comme une prière.

— On est sûrs que c'est Ennahda qui est derrière tout ça ?

Hatem n'a pas répondu. J'entendais son souffle par-dessus les cris. Je ne savais pas s'il m'avait bien entendue ou si ma question était trop stupide pour être posée. J'ai cru reconnaître les voix de Faten et d'Azhar.

— Ils viennent d'arriver, ils sont avec moi.

Ils n'avaient pas répondu à mon appel ni à mes messages. J'ai essayé de chasser l'idée qu'ils n'avaient pas jugé important de me répondre. Mais quelqu'un avait été assassiné, des balles dans le corps juste devant la porte de sa maison, sa mallette en cuir dans les bras, une odeur de café et de beurre fondu encore sur lui, quelqu'un avait été assassiné qui comptait pour eux et pour la Tunisie.

Je n'ai pris la mesure de la nouvelle que plus tard, dans l'après-midi, lorsque plusieurs partis politiques ont appelé à une grève générale dans tout le pays. Lorsque au visage de Chokri Belaïd sur Internet sont venues se superposer des images de fumée blanche, de débris, de projectiles, de matraques policières tendues vers le ciel, autour des locaux d'Ennahda à Gafsa, à Sidi Bouzid, à Monastir, à Sfax, lorsque la dissolution du gouvernement a été annoncée le soir même par le Premier ministre, lorsque j'ai vu les yeux rouges de Faten dans la foule qui accompagnait le corps de Chokri Belaïd au cimetière, ses ongles blancs qui s'enfonçaient dans la laine de mon manteau.

— C'est le premier assassinat politique depuis la chute de Ben Ali. Ces chiens ne nous prendront pas notre Révolution.

Nous n'avons pas fait l'amour avec Hatem ce soir-là, ni les soirs suivants. Il est rentré dans son quartier, à Ennasr, pour être avec ses parents et ses deux sœurs. Instinct de fils, de frère attentif. Il ne le disait pas mais je savais que derrière les visages de la veuve de Chokri Belaïd, derrière les visages de ses filles, il se rappelait les visages aimés de son père, de sa mère, de Wided et Basma, qui étaient déjà mariées, mais qui avaient encore tant besoin de lui.

Hatem ne m'appelait plus, il m'écrivait. Sa famille ne connaissait pas mon existence.

Pour la première fois depuis que ses bras étaient venus m'entourer, sur cette plage de Sousse, je me retrouvais sans lui.

Je redécouvrais l'appartement, ses bruits. Je me prenais quelquefois à espérer que Hatem ne revienne plus, que ce chaos ne finisse pas, que ces visages à la télévision continuent de le hanter.

Je repensais au doigt de Faten sous mes yeux, « Tu es trop amoureuse », j'avais eu peur de lui dire que non, au contraire, je n'aimais pas Hatem comme il m'aimait, lui. J'avais trouvé ma place dans le groupe, je n'étais plus un élément extérieur, isolé. J'étais avec Hatem, j'étais devenue Hatem, j'étais lui, un prolongement de son corps, une ombre qui ne le quittait pas. J'aimais surtout ce qu'il pouvait m'offrir de Faten et d'Azhar à travers lui.

Hatem s'était mis en colère lorsque j'avais brisé l'interdit de l'appeler un soir, alors que toute sa famille était là. Mais derrière ses reproches avait percé autre chose, comme une ivresse à sentir que j'avais besoin de lui, que peut-être la nuit je le cherchais, montagne de peau salée sous les draps.

Bientôt, son absence était devenue insupportable, car elle avait pris les traits de celle de Faten et d'Azhar. Depuis la mort de Chokri Belaïd, une réunion politique succédait à une autre, ils cherchaient à s'organiser en groupes de pression contre le gouvernement, incapable de sortir le pays de cette crise, de se stabiliser après la démission spectaculaire du Premier ministre, ils demandaient qu'une vraie enquête soit faite, que justice soit rendue pour le sang versé.

J'ai même cru les avoir perdus, un soir que je les accompagnais à l'un de leurs rassemblements. Tout se passait comme si je n'étais pas là. Je regardais des visages prendre la parole. La plupart des échanges se faisaient en arabe tunisien.

Bruit blanc dans mes oreilles. Une des lumières au plafond clignotait. Personne n'avait l'air de s'en rendre compte à part moi.

J'ai souri à Hatem. Il était chargé du compte rendu. Je regardais sa main courir sur le papier, ses doigts plonger par intermittence dans un sachet d'arachides, posé sur la table. J'ai songé à la brûlure de ces doigts-là en moi tout à l'heure.

Il me l'avait dit avant que la réunion ne commence, dans ce petit endroit sombre à la base du cou. Cette nuit, il serait là.

La lumière au plafond clignotait toujours.

J'ai confié à ma mère ma peur de les avoir perdus, alors que j'étais de nouveau seule chez moi, que je n'avais vu Faten et Azhar que brièvement les semaines précédentes, sur les toits de la rue Farhat-Hached. Elle m'appelait pour me dire que grand-père n'allait pas bien, qu'on lui avait décelé quelque chose dans le poumon, une tache sombre, comme un fruit trop mûr venu s'écraser là. Il devait être opéré.

Sa voix n'avait pas fléchi lorsqu'elle avait raconté la toux persistante, la fatigue, la peau du ventre de grand-père qui débordait maintenant sur le premier bouton de son pantalon. Tous ces kilos qu'il avait perdus. L'infirmière qui prenait le pas sur la fille, pour se protéger, pour tout mettre à distance, la voix que je n'aimais pas et que j'aurais attaquée habituellement, mais cette fois je n'ai rien dit, je peinais à me concentrer sur ce qu'elle me disait. J'étais en route vers la rue Farhat-Hached et j'ignorais qui serait là-bas ce soir pour regarder avec moi le soleil plonger dans la mer.

Le livre de Herman Wouk, *Marjorie Morningstar*, a mis plusieurs jours à arriver. Je l'ai récupéré dans la boîte aux lettres d'Alma et du garçon amoureux d'Alma.

Sur le paquet, il y avait une faute à mon nom.

J'ai pensé que tout dans cette histoire était décidément une affaire d'identité déplacée.

J'ai attendu que l'appartement soit vide pour le commencer. Il était peut-être une pièce importante dans l'explication que je ne trouvais pas derrière tous ces visages souriants de Shirley, tous ces corps raidis par les longues poses sous les lumières blanches des laboratoires.

Part One : Marjorie commençait le livre. Il fallait se soumettre à la langue de Herman Wouk, à son anglais précis et touffu.

L'histoire racontait une passion amoureuse dans les années trente entre une jeune et jolie juive new-yorkaise, Marjorie Morningstern, et un fougueux compositeur et dramaturge, Noel Airman, plus âgé qu'elle de quelques années.

Marjorie rêve de devenir « Marjorie Morningstar », une actrice célèbre et talentueuse. Elle brillera sur les plus grandes scènes, elle en est sûre. Noel, lui, aspire à connaître la gloire et le respect de ses pairs en montant ses propres pièces.

Les deux amants s'aiment et se déchirent tout au long du roman. Car Noel reproche à Marjorie de n'être au fond « qu'une Shirley », c'est-à-dire, selon une théorie toute personnelle, une femme qui ne cherche qu'à se marier, avoir des enfants et une vie confortable : « Ce que désire une Shirley est ce qu'une femme doit désirer, a toujours désiré et désirera toujours – un énorme diamant comme bague de fiançailles, une maison dans un quartier agréable et bien équipée, de beaux vêtements – mais elle ne l'avouera jamais. » Toujours selon Noel, c'est là toute la perversion de la « Shirley » qui distrait les hommes par des abords trompeurs. La « Shirley » est un fléau, elle avance masquée. Elle affirme qu'elle sera vraiment quelqu'un, pas juste une épouse, qu'elle aura une place dans le monde et pas seulement grâce à son utérus. Pendant des années, Noel se dérobe, refuse de l'épouser en même temps que Marjorie, elle, refuse de lui céder sa virginité. Ce qu'elle fera pourtant à la fin et ce qui précipitera sans doute leur rupture. La demande en mariage de Noel arrive trop tard, et Marjorie dit « non ».

Dans les dernières pages du livre, on la retrouve des années après, transformée en tout ce qu'elle s'était promis qu'elle ne serait pas. Une « Shirley ». Mariée à un médecin juif respectable, Marjorie Morningstar devenue « Mrs Schwartz », une mère de famille ayant abandonné sa carrière d'actrice pour se consacrer à sa nouvelle vie, loin de la scène, loin des projecteurs. Au plus près peut-être de sa nature profonde ?

L'histoire se concluait par une étrange assertion : « Le seul fait remarquable à propos de Mrs Schwartz est qu'elle avait un jour espéré être remarquable, qu'elle avait rêvé d'être Marjorie Morningstar. »

J'avais relu plusieurs fois la phrase.

De s'être rêvée plus qu'une « Shirley » pendant sa jeunesse, c'était déjà être plus que toutes les autres Shirley.

En refermant le livre, j'ai relu l'avant-propos. L'auteur prévenait que *Marjorie Morningstar* était une œuvre de fiction : « Des libertés fictionnelles ont été prises avec les noms de lieux, de météo, d'éclipses, d'horaires de bateaux, de dates et ainsi de suite. Tous les personnages du roman, avec leurs noms et leurs caractéristiques, sont de complètes inventions fictionnelles. La reproduction involontaire de noms, caractéristiques ou descriptions physiques réels, constitue une coïncidence. »

Deux lignes plus bas, alors que le paragraphe en faisait moins de dix, était répété : « Les personnages et événements dans ces lieux relèvent de la fiction. »

L'avant-propos était classique, il était possible d'en lire des semblables partout, mais parce qu'il s'agissait des Shirley, parce qu'il s'agissait de ma mère, quelque chose me troublait.

Un soir que le garçon amoureux d'Alma était parti, j'ai proposé à Alma de regarder l'adaptation hollywoodienne du livre, *La Fureur d'aimer*, sortie en 1958. Natalie Wood et Gene Kelly y tenaient les rôles principaux. À chaque plan, je m'accrochais à la silhouette de petit oiseau brun de Natalie Wood, son visage qui venait se coller contre le nez de rapace, les épaules puissantes et un peu voûtées de son partenaire.

Dans le film, la fin de l'histoire était plus elliptique. Marjorie n'était pas transformée en la Shirley fade et grisonnante décrite par le livre. Le film suggérait bien plutôt que, après avoir renoncé à Noel, elle finissait avec Wally Wronkin, un garçon qui la poursuivait de ses faveurs depuis de nombreuses années. À l'inverse de Noel, dont la carrière s'enfonçait dans l'échec, Wally devenait l'un des dramaturges les plus brillants de sa génération, l'enfant chéri de la nouvelle scène théâtrale new-yorkaise. Il fallait peut-être imaginer que le destin de Marjorie en serait dévié. Qu'en épousant Wally elle épouserait sa trajectoire, qu'elle profiterait de la lumière que son amant avait su attirer sur lui.

Le dernier film que nous avions vu avec Alma remontait à loin, à Tunis, dans la salle de cinéma du Colisée. Des points lumineux s'agitaient un peu partout autour de nous et le souffle d'Alma était sur ma joue, « Ils fument au cinéma ? » Les cheveux pleins de fumée, nous avions parcouru l'avenue Bourguiba à grands pas. Les gens nous regardaient tituber, joyeuses, ils nous pensaient ivres et nous l'étions.

J'avais retrouvé Alma. Mon Alma d'avant les tempêtes. Pendant trois mois, nous ne nous étions pas parlé, et ce voyage scellait le retour de celles que nous avions toujours été.

« Tu veux me perdre, elle avait dit. Rien ne compte plus pour toi que ces personnes et ce qu'il se passe là-bas. »

« Faten et Azhar, pas "ces personnes". » J'avais approché mon visage de l'ordinateur, ma bouche sur l'écran était devenue immense. « Et Hatem. »

« Nous ne sommes plus des enfants », elle avait dit aussi et j'avais appuyé mes mains très fort contre mes yeux, pour la faire disparaître.

Mais mon Alma était revenue. Un soir que j'avais trop pleuré à cause de Hatem, je lui avais envoyé un message malgré nos derniers silences. Elle m'avait rappelée quelques jours plus tard, elle était dans un taxi, l'aéroport de Tunis-Carthage encore derrière elle, elle avait pris ses billets sans me le dire.

Je ne me souvenais plus du film, seulement de nous courant le long de l'avenue Bourguiba, et de la foule allant et venant devant le Colisée.

Lorsque le mot *Fin* s'est affiché sur l'écran, et après lui les noms de Natalie Wood et Gene Kelly, Alma n'a rien dit à part quelque chose sur le caractère un peu passé du film, en étirant son corps sur le canapé, à côté de moi. Bientôt elle s'est endormie, et le léger grattement de sa respiration dans la chambre m'a empêchée de sombrer moi aussi. En l'absence du garçon amoureux d'Alma, j'avais pris sa place dans leur lit.

Le visage de Shirley Page m'apparaissait encore plus flou qu'avant. Une figure de fiction venant se perdre dans une autre figure de fiction, celle imaginée par Herman Wouk. Je ne voyais plus Shirley, je voyais Marjorie Morningstar et avec elle les cheveux, les yeux, le nez, la bouche de Natalie Wood. Ou peut-être ceux de ma mère.

Je me suis relevée sans faire de bruit. Alma dormait toujours. Dans le salon, j'ai allumé la lampe. Mon carnet était posé près de mes affaires. J'ai examiné les portraits de ma mère, glissés au milieu. J'en connaissais chaque trait, mais j'éprouvais toujours le besoin d'y revenir, de fouiller dans ce sourire, dans ce château de briques dont elle était la reine. Douze briques. Douze couleurs. Blanc, gris perle, gris souris, asphalte, brun, noir, rouge, orange, jaune, cyan, bleu, vert.

Peu importe que Shirley Page soit vraiment ton nom, j'ai pensé, *si c'est celui qu'ils t'ont donné. Peu importe même que tu aies réellement vécu. Tu as une histoire. Tout le monde ne peut pas en dire autant. Pour ton sexe et pour ta peau, on peut inventer n'importe quoi. N'importe quoi pour la peau de Shirley Page.*

Shirley Page n'a peut-être jamais existé et ce qui s'est passé avec le garçon au sourire rouge non plus. Après notre nuit ensemble, il n'a pas donné de nouvelles. Les jours suivants, je m'obligeai à aller marcher sous la pluie pour penser à autre chose, pour que la pluie rince tout. Je me répétais que le garçon au sourire rouge « était dans les arbres ». C'était lui qui avait utilisé ces mots, en se penchant vers moi pour me dire au revoir. Il devait terminer sa thèse. Il aurait dû la soutenir au printemps dernier mais il avait repoussé l'échéance. C'était la troisième fois. S'il ne la terminait pas cette année, il ne la terminerait jamais. Je comprenais qu'il annonçait déjà sa disparition.

Ma mère était un petit point parmi d'autres, sur la place Georges-Pompidou. J'ai dû m'approcher pour me rendre compte qu'elle ne me regardait pas, elle regardait au loin, quelque chose au niveau des immeubles. Ses yeux ont bifurqué vers moi quand je lui ai touché l'épaule. Elle a poussé un petit cri de soulagement que ce soit moi.

Nous nous sommes installées à une table, dans un café. Elle a posé son sac à main sous ses pieds, « Comment vas-tu ma chérie ? » Elle a renvoyé le pain que le serveur a posé sur la table. « Pas de pain, merci, ou alors il sera tout mangé. »

Elle paraissait agitée. Quand je le lui ai dit, elle a eu un geste vague de la main. Elle avait été très occupée, surtout. Depuis mon dernier passage, elle avait fini de ranger les cartons arrivés de chez mes grands-parents. « J'ai jeté quelques objets encore, mais maintenant tout est fini. » Chaque chose avait trouvé sa place dans la maison. À part le cadre, que nous avions accroché ensemble, dans le couloir à côté de la cuisine. Elle n'était toujours pas sûre que ce soit le bon endroit pour lui. « Quelque chose me gêne », elle a dit.

Le serveur a posé nos deux plats devant nous.

Elle avait été très prise par l'école aussi. Rien de particulier, mais l'infirmerie ne désemplissait pas. Elle travaillait par ailleurs sur des modules de cours d'éducation à la santé pour les enseignants de premier niveau. Elle avait intégré un comité en début d'année, composé d'une inspectrice de l'Éducation nationale, d'enseignants et d'autres professionnels de santé. Des modules-tests seraient proposés à la rentrée prochaine. Selon les retours, les modules pourraient s'étendre à d'autres académies.

Ma mère parlait, parlait. Je la regardais pousser sur le rebord de son assiette les morceaux de tomate qu'à son âge elle ne digérait plus.

Je pensais à Shirley Page, à tout ce que j'avais découvert sur elle, ou du moins à toutes ces certitudes qui avaient disparu, en me demandant ce qu'en dirait ma mère.

Quand elle a eu fini de former avec sa fourchette le petit tas rouge et vinaigré juste à l'endroit sur la porcelaine où *Brasserie des trois reines* était gravé, les phrases sont sorties de ma bouche plus vite les unes que les autres. « Elle aurait été inventée. En fait, tout ça, c'est du vent. On a peut-être seulement appelé les Shirley des Shirley pour ce qu'elles représentaient. L'archétype de la jeune femme qui n'a pour autre ambition dans la vie que celle de se marier et de devenir une heureuse ménagère, une honnête mère de famille. Une jeune femme jolie, mais pas séductrice, intelligente, mais pas menaçante – elle a fait des études, elle a travaillé, pourtant elle pense que son avenir se trouve ailleurs que dans un bureau – et, surtout, une jeune femme pas trop ambitieuse. On l'appelle Shirley avec des rires dans la voix. Un nom comme une moquerie même si ceux qui l'ont inventé ont pensé n'y mettre qu'une tendresse bienveillante. »

Ma mère écoutait en silence. Elle a bu son verre d'eau jusqu'au bout, sans lâcher mon regard du sien, pas même quand son dessert a été servi, un clafoutis aux cerises dont elle a recraché les noyaux un à un dans sa cuillère, et je me suis dit que, vraiment, c'était une manie, ces petits tas partout dans ses assiettes, mais qu'ils ne seraient pas à ce point *agaçants* si elle manifestait un peu plus d'intérêt pour Shirley Page, si elle n'était pas seulement dans une démonstration de ses capacités d'écoute et de patience en tant que mère, mais qu'elle faisait *enfin* comme si cette histoire était aussi un peu la sienne et que d'autres petits tas, des petits tas utiles, cette fois, se fassent dans sa tête, qui recueilleraient tout ce qui se savait sur Shirley Page et sur les Shirley en général, comme des données précieuses, des clés données pour comprendre ce qu'elle avait vécu là-bas, à Rochester, dans le studio et, peut-être plus encore, ce qu'elle avait vécu dans sa vie.

C'était plus fort que moi. Les assiettes débarrassées, je n'ai pas pu m'empêcher de le lui dire. La voix de ma mère a alors changé, elle a perdu son ton patient. « Je ne comprends pas ce que tu attends de moi exactement. Contre qui veux-tu que je sois en colère ? Contre quoi ? » Tout se passait comme si je cherchais un prétexte pour lui en vouloir, car elle m'écoutait, elle s'intéressait, elle voulait comprendre, pourtant elle ne saisissait pas pourquoi je retournais cette affaire dans ma tête jusqu'à l'obsession. Maintenant il fallait arrêter, il fallait arrêter avec les vieilles photographies, arrêter avec les Shirley, arrêter avec les fausses enquêtes.

Elle a tendu son bras sur la table, entre les verres et les taches d'eau. Sa main s'est ouverte, paume vers le ciel. Une mèche de cheveux est tombée sur ses yeux, dans le même mouvement que sur l'un des portraits pris par Andrew.

C'était le portrait le plus raté de la série, celui où la lumière rendait sa peau presque bleue et où ses yeux étaient à demi clos. Malgré ses défauts, je trouvais pourtant ce portrait incroyablement beau. Il avait quelque chose d'étrange et de vénéneux.

« Et si tu me parlais plutôt de la Tunisie ? De tes amis là-bas. Et si tu me parlais plutôt de Hatem ? »

Elle a replié sa main avant que je ne me décide à la prendre. Depuis mon retour, je n'avais jamais parlé d'eux. Je savais qu'elle était inquiète mais, une fois encore, c'était plus fort que moi, je ne parvenais pas à exprimer ce que je ressentais. J'ai quand même réussi à lui dire que je lui en parlerais. Un jour. Cette promesse a semblé la rassurer.

En marchant dans la rue, après que j'ai quitté ma mère, j'ai repensé au portrait raté. Au-delà de son étrangeté, il donnait l'impression que ma mère possédait une puissance irréelle, comme si, par sa seule force, elle avait pu faire tenir d'elle-même la photo, sans autre regard sur elle que celui qu'elle voulait imposer. J'ai contemplé de nouveau le portrait en arrivant chez Alma et le garçon amoureux d'Alma puis j'ai refermé mon carnet. Comme si je le voyais pour la dernière fois.

jaune.

Il a fallu un verre brisé et le claquement d'une portière de voiture pour que tout vole en éclats avec Hatem.

Lorsqu'il m'a rejointe au vernissage de l'exposition *El dèkhel / À l'intérieur*, le ramadan avait commencé depuis dix jours. Faten et Azhar n'étaient pas là. Après ma dispute avec Faten, celle où le nom de Jalil Bouhaged était venu se dresser entre nous, je n'avais plus jamais reparlé de l'exposition, et elle non plus. J'ai compris qu'elle avait choisi le silence pour ne pas revoir mon visage de ce soir-là, celui où elle avait pu lire la fureur de mon désir d'exister à leurs yeux.

Peut-être que ce visage lui avait fait peur. Ou peut-être qu'elle avait choisi de l'ignorer.

Je n'avais pas vu Selma et Nour, leurs filles, depuis plusieurs mois. Au *ftour* organisé chez les parents de Faten pour le troisième jour du ramadan, je leur avais rappelé le petit jeu que nous avions entre nous, quand elles m'appelaient *khala*[1]. « Viens avec nous, *khala*, qu'est-ce que tu as dans ton sac à main, *khala*, tu nous as rapporté des cadeaux, *khala* ? »

« Pourquoi *khala* et pas *âama*[2] ? » avait demandé Azhar. « Parce qu'elle sera toujours plus ma sœur que la tienne », avait répondu Faten, et j'avais laissé tourner et tourner ces mots dans ma tête.

Mais, cette fois, Selma et Nour avaient oublié notre petit jeu et ne quittaient pas leur grand-mère.

Faten et Azhar avaient été tellement occupés par le centre culturel et leur engagement politique qu'une chambre avait été aménagée pour leurs filles dans l'appartement des grands-parents. Sur le grand lit, leurs pyjamas formaient deux tas roses au milieu des draps. Faten avait cédé quand Selma et Nour avaient demandé à rester dormir une fois de plus. Au-dessus de son bol de chorba, son regard était fatigué. Je l'observais fermer ses yeux pour mieux sentir sur son visage la vapeur brûlante et épicée. Elle avait caché ses cheveux sous un voile et, sous une veste légère, les fleurs dessinées sur son dos.

Pendant le ramadan, seul Azhar dansait encore sur leur balcon, se transformant en oiseau de nuit. La ville s'éveillait dans l'obscurité, les familles déferlaient dans la rue, et Azhar enchaînait les mouvements en silence, sans jamais quitter ses hauteurs.

1. « Tante maternelle ».
2. « Tante paternelle ».

Hatem est venu me presser la main lorsqu'il est arrivé dans la salle d'exposition. Il était accompagné de son ami Saïd, un danseur lui aussi, qui revenait de deux ans passés en Espagne. J'ai traversé une mer de coudes et d'épaules pour leur rapporter un verre de jus. Deux boucles d'or brillaient à l'oreille droite de Saïd. Il parlait peu. Sur le toit de la rue Farhat-Hached déjà, trois jours avant, il laissait le bruit du vent agrandir chacun de ses silences.

« Saïd va nous aider au centre maintenant qu'il est rentré. » Hatem a tapé dans le dos de son ami, qui gardait les lèvres serrées tandis que les anneaux d'or tremblaient doucement sous ses cheveux sombres.

Plusieurs mois après le meurtre de Chokri Belaïd, Hatem était revenu dormir chez moi presque tous les soirs, avant de repartir chez ses parents au début du ramadan. « Je ne vais pas t'imposer ça, ni à moi d'ailleurs, tu mangeras chez toi et moi je ne mangerai pas là-bas », il avait dit. Son absence m'avait soulagée. J'étais libre de passer plus de temps rue Farhat-Hached, je voyais Faten et Azhar tous les jours, Hatem était loin, j'aurais aimé que rien ne bouge.

Le public évoluait entre les installations et les tableaux suspendus. J'ai senti quelqu'un m'attraper par le coude. Jalil Bouhaged venait me remercier pour mon travail. « C'est formidable », il a répété plusieurs fois. Une jeune femme l'accompagnait, « Ma fille aînée est artiste elle aussi, elle a étudié aux Beaux-Arts de Tunis ». Pour l'exposition, Jalil Bouhaged avait photographié des familles de martyrs de la Révolution, leurs intérieurs transformés par les portraits du défunt, assemblés comme des autels au milieu de leur salon.

Le noir et blanc de ses photos contrastait avec la couleur fumée de ses lunettes, avec l'imprimé rouge et vert de sa chemise. « Tiens », il s'était arrêté soudain, « je ne m'étais pas rendu compte que j'étais assorti à mon assiette de *chakchouka* », son rire avait éclaté dans la salle.

J'avais perdu Hatem et Saïd dans la foule.

Je me demandais à quoi nous ressemblions à rire et bavarder tous les trois, si l'affection évidente que j'avais développée pour Jalil Bouhaged, pour son univers artistique, se lisait partout sur mon visage.

J'ai trouvé Hatem et Saïd dehors, assis sur un muret, à fumer.

— Je t'ai cherché toute la soirée.

— Je t'ai dit qu'on sortait. Mais tu étais occupée, tu ne m'as peut-être pas entendu.

Dans le noir, la fumée de leurs cigarettes dessinait des monstres fuyants. Saïd regardait droit devant lui, comme s'il ne me voyait pas. Est-ce que Hatem et lui parlaient de moi ? Il n'y avait pas d'alcool ce soir mais la tête me tournait, quelque chose tapait dans mon ventre. Je me suis rendu compte que j'étais sortie avec mon verre encore à la main.

Saïd a jeté sa cigarette. J'ai fixé le point lumineux sur le trottoir, à quelques centimètres de mes pieds. Il s'est levé, *Hani jey*, s'est éloigné dans la rue.

« Tu as passé une bonne soirée ? » La main de Hatem s'est tendue vers ma hanche.

« Qu'est-ce qu'il fait ? » j'ai demandé. Les yeux de Hatem ont suivi en même temps que les miens le dos de Saïd, le dessin sur sa veste qui oscillait au loin dans le noir. « Il va chercher la voiture, il nous ramène. Je lui ai dit de passer prendre un verre à l'appartement. »

Il a remis une mèche de cheveux derrière ses oreilles et son paquet de cigarettes dans la poche arrière de son jean.

« Tu ne m'as pas répondu, tu as passé une bonne soirée ? » J'ai senti un reste de jus couler entre mes doigts. J'ai redressé mon verre. Il était poisseux dans ma main. « Je n'ai pas envie qu'il vienne. »

Des rires sont passés à côté de nous, un groupe de jeunes qui parlaient fort. L'odeur de jus concentré de mangue et d'ananas est devenue soudain écœurante. J'ai pensé à retourner à l'intérieur pour me frotter les doigts et me rincer la bouche aux toilettes.

« Ce n'est pas ce que je veux dire », j'ai secoué la tête, « je suis fatiguée, je préférerais qu'on rentre tous les deux ».

Hatem s'est immobilisé dans le noir. Son paquet de cigarettes était rangé mais il l'a ressorti, il a approché sa bouche pour en attraper une directement, qu'il a fait ensuite aller et venir entre son pouce et son index.

— Bonsoir.

Jalil Bouhaged et sa fille m'ont adressé un signe de la main, leur voiture s'est allumée dans le noir. Hatem a émis un petit ricanement. « Pourquoi tu ris ? »

« Rien. » Il a continué à fumer en silence. La semaine dernière, il s'était rasé la barbe rue Farhat-Hached. Ça ne lui était pas arrivé depuis ses dix-huit ans. Il avait laissé une bande de poils au-dessus de ses lèvres, pour rire. Azhar était avec lui et lui tendait une photo d'Omar Sharif au-dessus du lavabo dans le bureau, au rez-de-chaussée du centre. Les poils formaient une petite île noire et étrange au milieu de son visage.

Soudain, j'ai eu envie de lui dire qu'il était ridicule.

Soudain, j'ai eu envie de le gifler.

« Je pensais que tu serais contente de ne pas passer une soirée seule avec moi. »

Ses joues étaient grises. Il y a longtemps qu'elles n'avaient pas senti la brûlure du soleil. Il les grattait comme avant, comme quand sa barbe lui coupait la moitié de la tête. « Mais qu'est-ce que tu racontes ? »

Ses doigts avaient laissé des griffures rouges sur sa peau. Il a dit quelque chose en tunisien que je n'ai pas compris.

Mangue ananas cigarette poubelle poisson l'air pesait lourd autour de moi, pesait de milliers d'odeurs.

« Tu essaies si fort. Ça me fait mal au cœur que tu essaies si fort. »

Je voulais lui demander de quoi il parlait. Il *fallait* demander de quoi il parlait.

Mangue mer ananas poisson, décoller ces odeurs de moi, les fuir, fuir.

« Parle. Dis ce que tu n'arrives pas à dire depuis des semaines. Je ne le dirai pas pour toi, *zah*, je ne le dirai pas pour toi, c'est à toi de le faire. Allez, parle. »

Les mots ne venaient pas, ils ne venaient pas, « parle », jusqu'à ce qu'ils viennent, « tu m'aimes ou tout ça c'est rien pour toi », jusqu'à ce qu'ils se déversent, « parle parle », qu'ils explosent, qu'ils prennent la forme de mille coups assenés sur sa tête. À la fin, j'en avais encore. Il n'y avait plus de contours à toute la colère, à tout le dégoût. Les noms de Faten et Azhar traînés là-dedans, alors que je m'étais juré, que j'avais juré à Alma de ne pas le faire, de ne pas parler d'eux, « parle parle », *mais je parle pour te dire que je ne te veux plus, que tu me fais horreur.*

Et Hatem avait saisi le verre, *ananas mangue le poisseux entre mes doigts*, et l'avait fracassé contre le trottoir. Les éclats brillaient dans le noir, brillaient sous les feux de la voiture de Saïd, arrivée là. Hatem est monté et a claqué la portière sans me regarder.

Un jour, le garçon au sourire rouge est revenu chez Alma et le garçon amoureux d'Alma.

En sentant son corps contre le mien, j'ai réalisé que je n'avais aucune mémoire de celui de Hatem, aucune mémoire de sa matière, de la façon dont il *était*, alors que j'avais gardé un souvenir précis du corps du garçon au sourire rouge.

Une lumière pâle d'après-midi filtrait par la fenêtre. Il était arrivé avec un sac en plastique qu'il avait posé sur la table de la cuisine. Il avait acheté une bouteille de Coca en route. « Avec des bulles », il a précisé.

Nous avions quelques heures avant qu'Alma et le garçon amoureux d'Alma ne rentrent.

J'attendais qu'il m'explique sa disparition, mais rien n'est venu. Et quand il a enlevé son T-shirt et que j'ai avancé mes doigts vers la tache sur sa poitrine, j'ai oublié toutes mes questions.

Ma mère était rentrée de Rochester au bout de six mois. Un temps qui paraît infini lorsqu'on a vingt et un ans. En six mois, elle avait eu le temps de se faire de nouveaux amis, de s'inventer des habitudes, de se familiariser à l'accent d'Andrew et de redouter de rentrer.

Les lettres de sa mère finissaient à peu près toutes de la même façon, elle l'embrassait et espérait que ce séjour soit le plus « méritant » possible. Elle s'était mise à haïr ce mot. *Deserving*, son esprit traduisait, comme tout le reste, sans qu'elle le cherche. La langue anglaise la colonisait. Son français en devenait même plus ralenti. Lorsqu'elle avait mon père au téléphone, elle devait faire un effort pour mettre une phrase derrière l'autre. Il se moquait d'elle. Elle devenait une Américaine, une vraie.

Elle avait été très fière à une soirée dans un bar, lorsqu'elle avait pu se faire passer pour une New-Yorkaise auprès d'un groupe de jeunes, originaires du Kansas. Julia était avec elle et elles s'étaient amusées à échanger leurs rôles : Julia avait pris l'identité de ma mère et ma mère l'identité de Julia. Elle regardait Julia prendre des poses plus appuyées au-dessus de son verre, tendre la main vers le bol de cacahuètes au milieu de la table pour en saisir quelques-unes, rejeter la tête en arrière, les déposer délicatement sur un éclair de langue rose, lécher le sel de ses doigts. Elle parlait fort, elle secouait ses cheveux. Elle s'amusait énormément dans son rôle de jeune Française débarquée aux États-Unis. Elle racontait qu'elle arrivait de Paris. Elle faisait ses études dans une école située à deux pas du jardin du Luxembourg. À Rochester, elle était mannequin et elle gardait de jeunes enfants. Depuis ses deux années en France, le français de Julia était devenu plus heurté, mais elle était la seule de la famille O'Field à avoir gardé un tel niveau d'expression. Elle exagérait son accent français, s'arrêtait, semblait réfléchir, « Comment dit-on en anglais ? », butait avec un pli adorable au travers de son front sur des mots. L'un des jeunes autour de la table, qui regardait Julia avec une attention non dissimulée, travaillait dans un hôpital à Wichita. Julia s'était exclamée qu'à son retour en France elle souhaitait abandonner ses études de traduction pour devenir infirmière. « C'est formidable », tout le monde s'était écrié, cinq nouveaux verres étaient arrivés sur la table, *Papa was a Rollin' Stone* jouait en fond, Julia rejetait encore et encore ses cheveux en arrière, le cuir des chaises collait aux cuisses, des halos humides grandissaient sur les chemises, une veine palpitait sur la tempe de l'infirmier de Wichita. Ma mère écoutait son double dérouler sa vie, avec la même admiration que les autres. Elle s'était dit qu'elle pourrait être cette fille-là. D'ailleurs elle *était* cette fille, elle ne devait pas l'oublier, elle allait rentrer en France, dire non à ses parents, recommencer ses études et se marier avec mon père. *Deserving*, *to deserve*, « mériter, avoir le droit à ». La traduction s'emballait, faisait des petites boucles sur elles-mêmes. Bien sûr qu'elle avait eu le droit de vivre ces six mois, bien sûr qu'elle les avait mérités, elle n'allait pas dire non à ses parents, elle allait dire « merde », voilà ce qu'elle dirait, voilà ce que dirait la Julia qui jouait à être elle. La main de l'infirmier de Wichita avait disparu sous la table, les yeux de Julia s'étaient mis à briller, *I Want You Back* des Jackson Five avait retenti, tout le monde s'était levé pour danser, et ma mère avait crié avec les autres *When I had you to myself, I didn't want you around…*

Elle n'avait jamais mentionné son départ des États-Unis, la nostalgie qui avait dû l'étreindre lors de toutes ses dernières fois à Rochester. Est-ce qu'elle avait pensé aux mille détails qu'elle allait oublier ? Le code du bâtiment soixante-neuf, la couleur du rouge à lèvres d'Anita, l'odeur d'éponge mouillée sur les tables du grill-room, l'emplacement des grains de beauté sur le visage de Jansen-Walsh Père, le générique de *The Mary Tyler Moore Show*, le prix du paquet de Lucky Strike, le bruit des genoux fatigués de Georgina, et tout le reste. Est-ce qu'elle s'était dit qu'elle aurait pu vivre tout ça de manière plus intense ? Est-ce qu'elle aurait pu profiter plus obstinément de cette expérience ?

Il y avait mon père bien sûr qui l'attendait à Paris. J'imaginais leurs retrouvailles après six mois, l'étrangeté qui avait dû les saisir au contact du corps de l'autre soudain contre soi, la maladresse née de l'excitation, l'empressement de dire se cognant à l'impossibilité de savoir par où commencer. Ils n'arrivaient pas à se rappeler où leurs retrouvailles avaient eu lieu. Encore une fois, la scène qu'on aurait voulu connaître n'existait pas. Ils n'avaient pas couru l'un vers l'autre dans un aéroport bondé. Ils ne s'étaient pas retrouvés sur les quais de la Seine la nuit. Ma mère avait changé, elle était plus décidée, plus ancrée dans son corps, et pas seulement à cause des nouveaux plis apparus à ses vêtements. Peut-être que mon père avait été effrayé de cette transformation. Ou peut-être qu'il ne s'en était pas rendu compte.

Ma mère n'avait pas connu la Shirley qui l'avait remplacée. À son départ de Rochester, il y avait toujours Anita qui partageait son temps entre le bâtiment soixante-neuf et le bâtiment quatre-vingt-quinze, mais Anita allait bientôt partir. Une annonce avait dû être déposée dans des journaux locaux. Ou alors les recherches avaient été étendues à d'autres départements de Kodak. Elle se souvenait vaguement d'une fille, croisée plusieurs fois dans les couloirs ou dehors avec un sandwich sur les genoux. Est-ce qu'elle travaillait aux archives ou à la comptabilité ?

Le genre de fille à la beauté discrète, qui se transformait en impression floue et chaude et rose dans la mémoire, le genre de fille à qui on redemandait plusieurs fois son nom, en se promettant de s'en souvenir, des petites dents serrées et blanches, des pommettes hautes, un joli port de tête, il fallait reconnaître, jusqu'à la prochaine rencontre, jusqu'au prochain oubli. Ma mère se demandait comment Andrew n'avait pas pu la remarquer. Est-ce qu'elle était déjà venue poser pour lui ? Ou est-ce qu'il n'avait pas voulu la prendre comme modèle pour pouvoir plutôt la prendre dans son lit ?

Elle n'arrivait pas à imaginer d'autres filles qu'Anita et elle sur le tabouret. Elle avait été remplacée, mais dans l'histoire qui s'était construite dans sa tête, elle restait Frenchie Shirley. La seule. Elle le croyait. Enfin, elle l'espérait.

La résidence d'artistes d'Azhar se trouvait à cinquante kilomètres environ de Besançon. Je suis arrivée le vendredi soir dans la voiture prêtée par ma mère, une vieille carcasse de métal achetée dans un garage la même année que ma naissance. Tous les ans, ma mère disait qu'elle allait s'en débarrasser, tous les ans je la convainquais d'attendre encore un peu.

« On ne va quand même pas l'enterrer dans le jardin. » Et je la rappelais alors aux souvenirs des poissons de buée tracés avec ma bouche sur toutes les vitres, à la cassette des Rolling Stones coincée dans l'autoradio, à la marque de mes dents sur le vieux tissu de la ceinture arrière, à toutes les empreintes laissées partout, de nos vacances, de nos moments à trois, à cette nuit où nous étions perdues seules sur la route dans le noir avec Alma et où elle avait ouvert les fenêtres en grand, pour crier dehors que rien ne pouvait nous arriver et que nous étions libres.

J'avais loué une chambre à quelques kilomètres de la résidence d'Azhar. Une dame m'a accueillie et m'a emmenée au fond de son jardin où un petit studio avait été aménagé. La nuit était froide. Une pluie fine tombait, apaisante. Elle m'évoquait le garçon au sourire rouge qui avait de nouveau disparu.

Azhar est venu me chercher à 10 heures le lendemain.

Les artistes étaient logés dans des dépendances qui entouraient une imposante demeure où se trouvaient les parties communes. Il a ouvert la porte sur sa chambre, grande et sombre. Son ordinateur projetait une lumière bleue sur le lit, des feuilles s'étalaient par terre, de son bureau à sa commode. « Je voulais que tu admires à quel point je travaille. » Azhar riait, il répétait à quel point il était heureux que je sois là. La pièce sentait l'humidité. Du lino se décollait dans les coins. Je cherchais le ciel dont il avait toujours besoin autour de lui, autour du Azhar que je connaissais en tout cas, le grand oiseau des hauteurs de Tunis, qui ne cadrait pas avec la vision qu'il donnait, soudain, assis sur son lit, dans cette chambre grise, au fin fond de rien.

Il m'a fait la lecture de sa pièce *#Tunis 2999*. Il prenait un stylo pour barrer, en même temps qu'il lisait. Il avait retiré ses chaussures, ses ongles étaient un peu jaunis. Il ne s'arrêtait pas de parler, comme toujours, c'était un véritable flot.

Je n'étais pas sûre de trouver ça très bon.

J'ai fixé ses pieds pour me concentrer sur ses mots, puis me suis détournée de leur vision. J'ai demandé à sortir, à aller voir ces grands arbres, là-bas, dont il me parlait toujours.

Nous nous sommes installés à la lisière de la forêt qui entourait la résidence. « Tu ne m'as rien dit sur le texte, qu'est-ce que tu en penses ? » J'ai essayé de trouver les mots justes pour ne pas blesser l'autre Azhar que je connaissais, Azhar le fier, Azhar l'orgueilleux, qui s'emportait lorsqu'on critiquait son travail, qui avait même une fois brisé le verre d'un ami dans un café. Le sirop de menthe à leurs pieds, une mare collante où les guêpes étaient tout de suite venues s'emprisonner. Son spectacle avait peut-être des défauts, mais il n'avait pas besoin d'être insulté, il avait dit, et le bruit du verre avait masqué la fin de sa phrase. Un peu plus tard, ils riaient de nouveau tous les deux, mais la mare de sucre était quand même là, sur le sol, montrant que la colère d'Azhar s'était déversée.

À un moment, sans que je puisse le prédire, le nom du garçon au sourire rouge est apparu dans la bouche d'Azhar. Comme chaque fois qu'il parlait de quelqu'un d'autre que de Hatem, j'ai tenté de fuir, de m'esquiver, je ne voulais pas laisser le temps à son esprit d'être traversé par toutes ces images, celles qu'ils m'ont rebattues avec Faten, quand tout était déjà fini avec Hatem. Les images de nous deux sur les plages de Sousse ou dans les rues de Tunis, à nous embrasser entre deux bouffées de cigarettes, à nous renifler sans cesse, ce petit endroit sombre et acide à la base du cou, l'odeur du soleil dans nos cheveux, à débattre sur le toit de la rue Farhat-Hached, Hatem qui empoignait sa barbe à deux mains, quand la discussion devenait trop intense : c'était tout ce que je voulais fuir, c'est devenu une obsession à la fin, *fuir*, mais il y avait Faten et Azhar.

Il y avait Faten et Azhar, et Hatem était amoureux de moi.

Le soir, après une lecture publique dans la grande bibliothèque de la résidence, nous nous sommes retirés avec Azhar et d'autres artistes dans la chambre la plus proche, des verres de vin tiède dans les mains. Pour la première fois, je voyais Azhar rester calme et silencieux. Il écoutait, les autres parlaient, ne s'arrêtaient pas. Je cherchais les yeux d'Azhar mais les siens ne cherchaient jamais les miens. Il ne me regardait pas, il regardait les autres. Les verres s'enchaînaient dans sa main. J'ai dit que je partais. Azhar a passé un bras autour de mes épaules pour me retenir. « Tu ne peux pas partir, *habibti*, tu ne peux pas. » Un dépôt brun s'était formé sur ses lèvres, il répétait *habibti*, mais déjà ses yeux s'étaient éloignés, revenus aux autres qui tournaient dans la chambre, avec leurs verres de vin, leurs cigarettes, leurs rires, leurs conversations qui me tenaient à l'écart. J'ai secoué la tête, je me suis forcée à sourire, j'ai dit que j'étais fatiguée.

J'ai pris mon portable pour m'éclairer dehors.

Le sol était bleu sous mes pas. Je me demandais si un autre Azhar dansait au même moment sur son balcon, à Tunis.

Et si une autre fille, avec un air familier, le regardait depuis le sien.

Andrew avait raconté une fois à ma mère l'histoire d'une Shirley qui s'était mariée avec le directeur d'un laboratoire de photographie à Oklahoma City.

Ou peut-être était-ce Tulsa. Sur cette partie, il n'était plus très sûr.

Ce qui était certain, c'était que ça avait eu lieu pas très loin de Dallas. Mais pas au Texas, de ça il se serait souvenu. Appelons le gars Harvey, parce que Andrew avait aussi oublié son nom et qu'un Harvey avec une Shirley, ça rendait l'histoire plus jolie à raconter.

Ce Harvey, donc, mène tranquillement sa vie, faisant vivre son affaire, qu'il a héritée de son oncle. Un employé à son service et aussi une étudiante en photographie, qui vient prêter renfort les week-ends. Un jour, Harvey commande une nouvelle imprimante, pour augmenter sa cadence de production et répondre aux demandes des clients, qui ne cessent de grandir. L'imprimante arrive, un modèle Kodak tout neuf, avec un système de traitement plus sensible aux photos prises dans un environnement de faible luminosité. Ce n'est pas sa seule qualité mais l'argument, parmi d'autres, a convaincu Harvey que c'est celle-ci qu'il devait commander. Et puis, après tout, peu importe pourquoi il a commandé celle-ci en particulier, ce n'est pas important pour la suite de ce qu'Andrew doit raconter. Harvey installe la machine et tombe sur le livret qui l'accompagne, et avec lui sur la photo d'une Shirley. Il a l'habitude de ces images de tests, c'est son métier. Ils sont presque devenus invisibles à ses yeux, ces jolis visages, ils se ressemblent tous, au point d'ailleurs qu'il s'imagine que c'est partout le même modèle posant pour l'ensemble des produits et machines Kodak, mais, cette fois-ci, Harvey s'arrête sur la photo-test. Foudroyé. La fille qu'il voit sur la photo n'est pas une Shirley, mais *sa* Shirley. Il le sait. Il la veut.

« Comme ça ? » Les sourcils interrogatifs de ma mère, les ailes d'oiseau noir qui battaient à ce moment sur son visage.

Andrew avait baissé son objectif. « Oui comme ça. Tu ne crois pas à l'amour au premier regard ? »

« Non, je dis comme ça, ma pose, ça va ? » Elle avait changé l'emplacement de ses jambes, trop engourdies d'être restées dans la même position pendant des heures. Elle n'osait pas regarder, mais elles les imaginaient bleues sous les bas et, en pensant à *bleu*, elle avait visualisé un soda Day's Blue Pop, des taches de moisissure sur les parois d'un frigo, une mer déchaînée, des gants en plastique, un store remonté sur un ciel d'été, elle attrapait toutes les pensées qui passaient pour ne pas céder à celles qui lui assénaient qu'elle avait mal et qu'elle ne sentait plus son corps.

— Oui.

Andrew a continué. Harvey voit la photo et repousse les mains de son employé. Personne ne doit toucher à cette image. Les jours passent, et il est toujours aussi hanté par elle. Il décide d'appeler un de ses amis qui a travaillé un temps à Rochester, chez Kodak. Son ami ne peut pas le renseigner sur la jeune femme, mais lui donne le numéro de quelqu'un qui travaille au département des technologies de la photographie.

Il ne fallait pas imaginer Harvey vieux, avec du ventre, un trou dans les cheveux et les dents comme celles d'un peigne cassé : Harvey pouvait se vanter d'être sportif et plutôt bel homme.

« Je connais cette histoire », ma mère l'avait interrompu.

Quelqu'un la lui avait déjà racontée, mais pour une autre Shirley. Andrew allait lui raconter que Harvey avait coursé cette fille jusqu'à Rochester, lui avait déclaré qu'il était tombé amoureux de sa photo et l'avait demandée en mariage. Et que cette fille, alors que Harvey lui était totalement inconnu, avait dit oui. Peut-être même dans le Kodak Park. Peut-être même dans le bâtiment soixante-neuf, dans ce studio.

Les épaules d'Andrew avaient fait une petite vague. « Toutes les belles histoires se ressemblent un peu. »

« Ou peut-être qu'elles sont toutes fausses, mais qu'on veut tellement y croire qu'elles en deviennent vraies. » Des tempêtes et des bouteilles bleu fluo, son esprit était passé au Lilac Festival où elle devait rejoindre Julia. Mais les images n'avaient bientôt plus suffi non plus. « Est-ce qu'on peut faire une pause ? »

Elle avait bougé son bras droit dans tous les sens, pour ramener le sang jusqu'à ses doigts.

Andrew avait dit qu'elle n'était pas assez concentrée. « Moi ? Mais c'est toi qui parles depuis tout à l'heure. »

Il avait fini par sourire et allumer une cigarette. « Je peux quand même te raconter la fin de l'histoire ? Même si tu la connais déjà ? »

Ma mère s'était levée pour faire des grands tours dans la pièce, elle avait ri. « Si tu veux. »

orange.

Dans ce petit restaurant de Bab El Khadra, les yeux d'Azhar suivaient quelque chose sur le mur qu'il était le seul à voir. Depuis le début, il fuyait mon regard, alternant entre la vision du vide derrière mon épaule et celle de ses mains, occupées à saisir le contenu de son assiette avec du pain. J'étais celle qui avait insisté pour manger. Je sentais qu'il n'aurait pas envie d'être là, pas envie de rester, j'ai dit que j'avais très faim pour qu'il se sente obligé.

On a mis devant moi une assiette de poisson. Je me suis appliquée à enlever la chair blanche tout autour du squelette très lentement, mon estomac faisait un poing dans mon ventre, mais j'ai tout avalé.

Je faisais semblant de sourire. Je ne savais pas si c'était ce que Azhar attendait de moi, s'il aurait voulu que je pleure, que j'arrache la chair et la transforme en bouillie dans mon assiette, pour montrer au moins ma colère. J'ai attendu qu'il parte pour pleurer. Ça n'aurait servi à rien et tout avait déjà été dit.

La nouvelle de ma rupture avec Hatem avait suivi un chemin que je n'aurais pas pu prédire. Il y avait d'abord eu les mots de Faten, par message. Elle n'y croyait pas, ça ne pouvait pas être la fin.

Je passerai te voir demain.

Le jour suivant, à 18 heures elle n'était toujours pas venue. Dans la soirée finalement, elle a frappé à la porte.

Elle était avec Selma et Nour. Elle a dit qu'elle ne pouvait pas rester. Le bras de Nour était badigeonné de rouge sous un gros pansement. Elle était tombée dans la rue. Sa bouche se tordait, elle en avait assez, elle voulait rentrer, ses bras autour du ventre de sa mère, qui la serraient.

« Hatem était avec Azhar ce matin. Il était très en colère. »

La minuterie du couloir s'est arrêtée. « Il était très en colère contre Azhar et moi, il dit que tout ça c'est à cause de nous, que même toi tu l'as dit quand vous vous êtes quittés. »

« Non, non, ce n'est pas du tout ce que tu penses. » J'avais tendu la main, rallumé la lumière du couloir, elles paraissaient avoir été arrachées de leurs couleurs, toutes les trois grises maintenant sous les plafonniers, à part la tache rouge au bras de Nour. Je parlais, mais Faten n'écoutait pas. Je n'arrivais pas à trouver les mots pour lui dire. Les petites s'étaient assises sur les marches de l'escalier.

« Ne vous asseyez pas ici, c'est sale. » Elle a fait un geste pour qu'elles reviennent vers elle. « Je connais Hatem depuis que j'ai dix-sept ans et Azhar depuis qu'il en a dix. »

La minuterie s'était arrêtée de nouveau. Cette fois, je n'ai pas tendu le bras pour la rallumer, et Faten a disparu dans le noir.

J'ai patienté plusieurs jours avant de retourner rue Farhat-Hached. Les lundis étaient les jours d'absence de Hatem. Pendant le ramadan, le Dar El BhArt était vide. Karima et Faten n'ont pas eu l'air surprises quand je suis arrivée, elles semblaient même s'y attendre, et Karima a avancé une troisième chaise pour que je puisse m'installer. Faten est partie danser. À son retour, elle a enlevé son T-shirt noir, essuyé son ventre mouillé avec, et aussi sa nuque et le haut de son dos. Elle était pâle. Danser pendant le ramadan demandait toujours un effort, même après des années. Lorsque Azhar est apparu, il n'a pas non plus paru surpris de ma présence, il est resté avec nous, sa main appuyée sur le dossier de ma chaise.

Azhar a attendu d'avoir fini son assiette pour m'annoncer que je ne devais plus venir rue Farhat-Hached. Même un lundi, comme je l'avais fait. Il a lâché ça en jetant les croûtes de pain qu'il n'avait pas mangées dans la corbeille en plastique rose, avec un air si appliqué que je l'ai laissé faire jusqu'au bout avant de parler, pour que cette fois il me regarde, et pas le mur derrière moi, et pas nos verres d'eau qui de toute façon étaient vides aussi. Il a ajouté « pour l'instant » quand ses yeux ont enfin accepté de ne plus fuir les miens : « Tu ne peux plus venir au centre pour l'instant. »

J'ai compris que Hatem le lui avait demandé.

Et Faten dans tout ça, je ne savais pas. Elle avait dû dire « Comme Hatem voudra ».

« Elle sera toujours plus ma sœur que la tienne », elle avait dit aussi un jour.

Faten disait toujours bien des choses.

Je l'avais compris cette fois.

L'été qui avait suivi, j'avais essayé d'oublier. Chez mes grands-parents. Avec mon père et ma mère. À Marseille avec Alma, j'avais aussi essayé d'oublier. Sur les plages, dans le soleil qui nous dévorait, alors que je détaillais les traces blanches de sel sur nos peaux et sur celles des garçons qui passaient, j'avais pensé y être arrivée. Du corps de l'un d'eux, j'avais effacé toutes les traces de sel avec ma langue, avant même d'avoir su son nom, avant même qu'il ait retiré ses chaussures. « Des chaussures en cuir dans les rochers », avait ri Alma après. Elle m'avait encouragée à le revoir. Mais il fallait que j'oublie tout, et j'avais déjà oublié le nom de ce garçon aussi.

Je suis rentrée en Tunisie à la fin de l'été et j'ai retrouvé mon appartement plongé dans le noir. Il y avait partout une odeur de poussière, une odeur d'absence. Je ne m'attendais à rien d'autre, mais j'ai quand même été surprise.

Les jours d'après, il n'y avait que les marques blanches sur mon corps, la peau brunie tout autour des seins et des hanches, aux endroits où je m'étais abandonnée au soleil, pour me rappeler que j'avais bien vécu cet été ailleurs, que je ne l'avais pas rêvé.

Je n'avais rien oublié du tout. J'avais seulement oublié comment être heureuse ici.

Après ma visite à la résidence d'Azhar, j'avais décidé de prendre la route vers l'est. Lorsque j'ai appelé ma grand-mère pour lui dire que je venais la voir, elle s'est mise à chuchoter, à prendre une voix grave, de grande comploteuse. Elle avait treize ans, elle était une enfant elle aussi parfois. Il n'y avait que les autres pour l'oublier.

Elle a parlé de ces *trésors de sucre merveilleux* qu'elle rêvait de manger. Elle n'arrivait pas à retrouver le nom. « C'est interdit, elle a dit, mais peut-être que tu pourrais quand même… »

Elle avait treize ans, le souffle rauque et une voix de contrebandier.

Nos au revoir avec Azhar se sont faits à la fenêtre de la vieille voiture de mes parents. La nuit avait déposé une fine couche d'herbes mouillées partout.

Azhar a refermé ses bras de grand oiseau sur moi pour me dire adieu. Il avait les lèvres sèches et grises. Il promenait une vague odeur de vêtements humides et de fumée. Plus tôt, nous avions marché le long de champs de luzerne. Nous n'avions pas reparlé de la soirée. Il ne s'était pas excusé de m'avoir laissée seule.

Il a fait le tour de la voiture une dernière fois, a mis ses doigts dans la poussière irisée sur le pare-brise, « Fais attention à toi », et il a tapé un petit coup sur la carrosserie de son poing droit.

Ma grand-mère a eu un sursaut de surprise lorsque j'ai frappé à la porte. Elle avait oublié ma venue. Je lui ai tendu une boîte en carton blanche, pleine de gâteaux, et elle a paru se rappeler. Pas de ma visite, mais de l'envie de quelque chose de sucré et de tiède et de réconfortant. J'ai repensé au *kâak warka* que je ne pourrai plus lui rapporter de Tunis. Mais peut-être qu'elle avait oublié ça aussi.

Le jardin de la résidence était vide. Le soleil derrière les arbres projetait des ombres tremblantes sous nos pieds.

La main de ma grand-mère s'enfonçait au creux de mon bras, à l'endroit où s'était inventé « le jeu du pli » entre nous.

Fermer les yeux, laisser le doigt de l'autre partir de la paume, faire un détour par le pouce, traverser le poignet, courir jusqu'à la tache bleue au creux du bras, ne pas se laisser submerger par le plaisir de la caresse, dire stop stop avant que le doigt ne dépasse, ne remonte jusqu'à l'épaule, ouvrir les yeux.

Ma mère n'avait pas reçu beaucoup de marques de tendresse lorsqu'elle était enfant, alors que j'étais née avec le poids des mains de ma grand-mère sur mon ventre et celui de son menton dans mes cheveux.

« Tu te souviens de ce jeu ? Je faisais semblant de ne pas sentir que ton doigt avait dépassé juste pour prolonger le jeu, pour te demander une nouvelle chance. Je te poursuivais dans la maison pour y jouer. »

J'ai senti la main de ma grand-mère peser un peu plus lourd sur moi. Elle riait. « Il ne fallait pas te dire non, ou tu courais t'enfermer quelque part. Et tu disparaissais après pendant des heures. »

Le soleil faisait ressortir le blanc de son crâne sous ses cheveux.

Elle sentait un mélange de savon et de lait tourné. « Ça me rappelle les tours que nous faisions avec ta mère dans les bois, autour de la maison, lorsqu'elle était malade. »

Son doigt a fait un cercle tout autour, a pointé en direction des grands arbres au fond du jardin. « Sauf que ce n'est pas moi qui traînais derrière, c'est elle qui était accrochée à moi. »

J'ai demandé si elle voulait s'arrêter, s'asseoir quelques minutes sur un banc, mais elle a secoué la tête, répété « non non non », dit qu'elle voulait continuer.

Deux personnes sont arrivées à notre hauteur, à qui elle a adressé un sourire. « Ma petite-fille », elle me désignait en me touchant l'épaule. Le soleil est venu se prendre dans sa bague, m'aveugler l'espace d'un instant. Lorsqu'elle parlait de moi, elle ne pouvait s'empêcher d'avoir un tremblement fier dans la voix.

Alors que ma mère était malade, mais quand ?

« Tu sais… après la mort du bébé. »

L'image du petit corps étendu sur l'herbe a surgi dans ma tête. Dès que la noyade de la sœur de ma mère était évoquée, c'était cette image qui se jouait et se rejouait devant mes yeux. Un petit tas de peau tendre et bleue dans une robe à volants. Parfois l'enfant était blonde, parfois mon imagination n'arrivait pas à tracer plus loin que les contours de ce petit corps.

Ma mère n'était pas là quand sa sœur a été tirée de l'eau. C'était mon grand-père qui avait sauté, mais ni lui ni ma grand-mère ne m'avaient jamais raconté *l'après*, quand la surface de l'eau était redevenue calme. L'image du petit corps s'était fabriquée dans mon imagination, comme celle des instants qui avaient suivi. Est-ce que quelqu'un avait écarté ma mère dans un coin ? Est-ce qu'elle était allée se cacher ? Est-ce qu'on lui avait fait des reproches ? Elle était la grande sœur, elle savait que c'était interdit, elle aurait dû faire attention, lui dire de ne pas s'approcher de l'eau.

Ma grand-mère avait dit « non non non » de nouveau, « pas ta tante. Après la mort du bébé de ta mère, après la mort de ta sœur ».

Les grands arbres étaient tout près maintenant. Je pouvais presque sentir leur griffure sur mon visage.

Je m'étais arrêtée net.

Je cherchais le voile opaque dans les yeux de ma grand-mère, ce voile que je croyais voir quand son esprit était loin, plongé dans une obscurité avec laquelle il lui fallait se débattre.

Sa main s'est desserrée d'elle-même, en même temps que mes pensées défilaient, puis a repris sa place, fermement, à l'endroit du « jeu du pli ».

« Je suis fatiguée. Je ne sais plus ce que je dis. »

Son souffle était chaud sur mon bras.

L'image du petit corps tremblait dans ma tête. Enfant, les soirs de cauchemar, il pouvait surgir quelquefois dans le noir, et à la fin c'était moi qui ne pouvais plus remonter à la surface de l'eau, qui ne pouvais plus respirer et je sentais le petit corps dans ma bouche, et il avait un goût d'herbe mouillée.

« Je me perds », elle a répété et elle a chassé devant ses yeux une chose invisible avant de les tourner vers les grands arbres, si hauts qu'il fallait lever la tête, et ses yeux bleus et clairs reflétaient le soleil, le soleil et rien d'autre, rien d'autre que le soleil blanc et froid.

Shirley Page n'avait probablement pas existé, mais je ne pouvais m'empêcher de penser à elle.

Des listes de questions s'élaboraient dans ma tête. À la fin, elles avaient pris une forme qu'on aurait pu résumer ainsi :

Questions que je poserais à Shirley Page
si elle existait

Est-ce que tu aimais poser devant l'objectif ?
Est-ce que tu regardais les photos qui étaient prises de toi ?
As-tu laissé la robe et les escarpins sur le portant quand tu es partie ?
As-tu connu la fille qui t'a remplacée ?

Avais-tu conscience de ta peau blanche ?
Pourquoi as-tu disparu après ton mariage ?
Comment imaginais-tu ton futur ?
Est-ce que tu repenses souvent à cette période de ta vie ?

Questions que je poserais à Shirley Page si elle n'existait pas

Est-ce que l'histoire d'amour entre Harvey et Shirley est vraie ?
Est-ce que tu aimais ton corps ?
Est-ce que tu te trouvais belle ?
Est-ce que tu aimais qu'on te regarde ?
Est-ce que tu t'es déjà sentie prisonnière ?
Est-ce que tu étais heureuse ?
Imaginais-tu ta vie autrement ?
Est-ce que l'histoire d'amour entre Harvey et Shirley est vraie ?

Question annexe

Est-ce que je devrais poser ces questions à ma mère ?

Question annexe 2

Est-ce que je devrais me poser ces questions ?

Ma mère et ma grand-mère font le tour des bois, ceux à côté de la maison de mes grands-parents. J'imagine le poids de ma mère contre l'épaule de ma grand-mère, la chaleur qui se diffuse de son corps, les plaques rouges sur son cou ou au contraire son extrême pâleur.

L'image n'est pas nette, elles tournent dans les bois encore et encore dans ma tête.

Lorsque ta mère était malade.

Après la mort du bébé.

Je ne sais pas quel âge donner à ma mère et je ne sais pas quelle longueur imaginer aux cheveux de ma grand-mère, si longs avant que je naisse, si longs qu'à la fin de la journée sa nuque était raide sous son chignon, le soir des épingles traînaient partout dans la maison comme des petites bêtes noires, elle avait une fois raconté.

Après la mort de ta sœur.

Il faudrait retourner dans les bois, scruter le ciel et les arbres, leur demander ce qui s'est dit entre elles ces jours-là.

« Tu ne sais pas ce que grand-mère a dit lorsque je l'ai vue ? » J'ai répété cette question plusieurs fois dans ma tête, j'ai pensé à mille façons de la formuler, j'ai réfléchi aux meilleurs moments pour la poser à ma mère et, quand je l'ai réellement posée, j'ai été déçue.

« Ça ne s'arrange pas », elle a répondu. De manière aussi brève, aussi plate. « Elle parlait de Solange, alors ? »

« Ma chérie, tu le saurais si tu avais une sœur. »

J'avais voulu que quelque chose arrive, que quelque chose cède, mais rien.

Parfois, il n'y avait rien derrière des phrases.

Il n'y avait rien derrière des photos.

Il n'y avait rien derrière un sourire, même si celle qui souriait portait le nom de Shirley.

C'était aussi simple que ça.

J'avais décidé qu'il me fallait changer, que ma vie sans Hatem, Faten et Azhar ne pouvait pas ressembler à celle que j'avais eue avant avec eux. Mais je ne savais pas comment faire.

Je guettais les bruits à ma porte. Une fois, j'ai vraiment cru reconnaître la voix d'Azhar. Je me suis précipitée dans le couloir. Il y avait le gardien et un autre homme. Ils m'ont fixée avec surprise. J'ai commencé une phrase que je n'ai pas finie. Mes joues me brûlaient. J'ai refermé la porte.

Quand j'ai voulu sortir de tout ça, ces heures passées seule à espérer quelque chose qui ne venait pas, je me suis liée à un groupe de Français. Je suis partie en week-end avec eux, j'ai partagé des assiettes en plastique grasses sur des toits de maison, bu du mauvais vin rouge, dansé beaucoup, fini les soirées dans des pulls portant l'odeur d'autres personnes, embrassé un ou deux garçons. J'ai même pensé me faire une amie à un moment dans le groupe. Une fille aux cheveux longs et noirs et à la peau très blanche. Elle habitait un immeuble avec trois autres garçons dans une rue proche de la mienne. Elle m'a proposé de la suivre un soir dans une salle de sport sombre. Penchée sur le tapis, j'observais ses poignets fins et sa queue-de-cheval renversée au-dessus de son crâne pâle. Elle suivait les consignes de la professeure avec application. Elle ressemblait à Alma. Je n'aurais pas su dire si c'était la raison pour laquelle je m'étais rapprochée d'elle. Très vite, elle a dû rentrer en France elle aussi. Elle m'a invitée dans le local de l'association où elle était venue faire son volontariat. Pour son dernier jour, ses collègues avaient préparé un gâteau avec son nom et lui ont offert un plateau rond en cuivre de Sfax. À son départ, je me suis retrouvée seule de nouveau, jusqu'à ma rencontre avec Faten un jour dans la rue.

Ce n'était pas la première fois. Un mois avant, je l'avais aperçue dans la foule d'une salle de concert au Kram. Elle baignait dans une lumière mauve, et j'avais profité de l'irréalité de cette vision pour fuir à l'autre bout de la salle.

Faten a traversé la rue pour venir à ma rencontre, elle a mis sa joue contre la mienne, elle m'a pris la main, a dit que ça faisait longtemps, qu'elle ne pouvait pas s'attarder, car ses parents l'attendaient mais qu'elle avait beaucoup pensé à moi. La surprise m'a troublé la vue, je n'ai pas su dire autre chose que « moi aussi » et, quand elle a serré un peu plus fort ma main, que j'ai regardé son dos s'éloigner dans la rue, son grand sac rouge, que je connaissais bien parce que c'était celui qu'elle prenait partout avec elle, marquer un point pendant longtemps sur mon œil, jusqu'à disparaître au coin de la rue d'Égypte, je me suis demandé où était passée toute ma colère, tout ce que je m'étais juré de lui dire, le point rouge était toujours dans mes yeux, Faten était revenue et je ne voulais plus qu'il s'efface.

J'ai compris bien plus tard pourquoi elle avait traversé la rue, lorsque Azhar est venu frapper à la porte de mon bureau, à l'institut culturel. Il sortait d'un rendez-vous avec mon directeur. Il venait faire relire un dossier de candidature pour une résidence d'écriture en France. Il a dit qu'il était désolé pour tous ces derniers mois, mais il y avait Hatem, il y avait Hatem, et Azhar ne trouvait pas les mots. Il n'arrêtait pas de passer ses mains sur son jean. Il ne me regardait toujours pas dans les yeux. « On aimerait te revoir, tu manques rue Farhat-Hached. »

Il y avait eu du changement au centre. Le ministère de la Culture avait commencé à s'intéresser à eux. Leur aide n'était toujours pas bien articulée, le centre recevait des financements, mais rien de pérenne, il fallait prendre les choses avec patience. Faten tenait un autre discours, bien sûr, mais c'était Faten et, quand il a dit ça, nous avons ri tous les deux, comme avant.

Comme il ne parlait toujours pas de Hatem, c'est moi qui ai posé la question. « Il est parti à Madrid pour quelque temps. » L'appel à la prière a résonné dehors. Azhar a remis ses cheveux derrière ses oreilles. « Il va assister un metteur en scène sur le montage de sa prochaine création. Un ami de Saïd, tu connais Saïd je crois ? » J'ai repensé au garçon à la chevelure brune et aux deux boucles d'oreilles en or, au parking plongé dans le noir, à la fumée sortant des lèvres de Hatem, aux dents jaunes de Jalil Bouhaged, *je voudrais disparaître*, au verre brisé à mes pieds, *je voudrais vraiment disparaître.* J'ai dit « Oui, je connais Saïd ». Azhar a continué. « Il bosse à côté dans un supermarché. Il fait des livraisons aussi certains soirs pour un restaurant. La vie est chère à Madrid. »

Azhar s'est dirigé vers la fenêtre. Je la fuyais tous les matins depuis plusieurs mois pour ne pas avoir à les contempler, Faten et lui, en train de danser, dans la lumière pâle du jour. « Il s'est trouvé une colocation pas très loin du centre, ils sont douze à vivre dans une maison, douze, tu imagines ? » À vrai dire, je n'imaginais pas, je ne pouvais me figurer Hatem hors de la Tunisie, loin de Faten et d'Azhar.

Azhar a parlé d'un prochain week-end qu'ils organisaient à Tabarka. Il a parlé des grandes forêts de chênes qu'il y avait là-bas, « Tu devrais venir », il a ajouté.

— Je vais rentrer en France, j'ai dit alors, je vais quitter la Tunisie.

J'ai vu le visage d'Azhar se transformer sous la surprise.

— Quand ?

— Je ne sais pas. Bientôt.

J'ai pensé à mes parents, à ma grand-mère, à mon grand-père, à Alma, à Hatem au milieu de personnes inconnues, à Faten et Azhar qui étaient revenus et que je décidais de quitter. J'ai compris soudain qu'il m'avait manqué leur regard pour partir, l'image de leurs bras agités de loin, de leurs corps d'oiseaux déployés dans une chorégraphie d'adieu. Et j'ai senti un immense calme m'envahir.

Un jour, ma mère a eu un accident de voiture. Un panneau indiquait la zone industrielle à cinq cents mètres, mais elle avait été distraite par quelque chose, elle ne se souvenait plus. Cinq cents mètres plus loin, elle avait dépassé la sortie et, sans qu'elle puisse comprendre comment, peut-être parce que le volant était lui-même parti vers la droite ou parce que la voiture de devant avait amorcé une légère décélération, elle s'était retrouvée à taper la barrière au bord de la route.

C'est comme ça qu'elle l'avait raconté à mon père, qui lui-même me l'avait raconté. J'étais seule chez Alma et le garçon amoureux d'Alma quand était survenu l'accident.

Elle avait senti un grand silence blanc la traverser, ce qui était étrange, car il était arrivé en même temps qu'un grand fracas de métal et elle s'était demandé si c'était son corps ou la voiture qui avait volé en éclats.

Elle devait acheter du désherbant pour le jardin et de la peinture, il y avait des chaises qu'elle avait rapportées de chez ses parents et qu'elle voulait peindre, c'était devenu une obsession, avait dit mon père. Le lendemain de son accident, elle insistait pour qu'ils retournent au magasin. Elle n'était pas décidée sur la couleur à prendre pour les chaises, mais elle voulait aller voir, alors qu'elle avait une attelle au bras et des contusions à la tête et au ventre.

Au deuxième coup de téléphone de mon père, dix jours plus tard, il n'était plus question des chaises, mais du lit que ma mère ne quittait plus. Les bleus sur son corps commençaient à disparaître, elle allait bientôt pouvoir retirer son écharpe, mais elle était toujours très fatiguée. Elle pleurait souvent, et le médecin avait dit que l'accident lui avait sans doute causé un niveau élevé d'anxiété, qu'avec la mort de son père cela faisait beaucoup d'émotions à faire taire, parce que c'était finalement ce qu'elle avait fait depuis des mois.

J'ai préparé mon sac et j'ai pris le RER. Mon père a paru soulagé de me voir.

Quand elle a entendu ma voix, ma mère est descendue et j'ai gardé les mains le long de mon corps pour l'embrasser parce que je ne savais pas où les poser. Elle avait les bras violets et elle m'a aussi montré son ventre abîmé sous le seul haut en coton gris que sa peau supportait.

J'ai mis de l'eau à chauffer, nous nous sommes installées dans le jardin, sur les deux chaises qu'elle avait sorties de la cave avant l'accident. « Je vais les repeindre en vert. » Elle a dit ça comme si c'était une décision qui lui avait pris des nuits à arrêter. Elle a enfin souri, et j'ai senti son corps s'apaiser peu à peu au contact du soleil.

À l'école, elle avait été remplacée par une infirmière qui travaillait seulement le matin. Des élèves venaient frapper à la porte et étaient surpris d'y trouver une autre dame.

C'était la première fois qu'elle reparlait de l'école depuis que le blanc de la barrière sur la route s'était confondu avec le blanc du ciel. « C'est un début, avait dit mon père dans la cuisine, elle ira mieux d'ici quelques jours. » Il ouvrait tous les placards, se parlait à lui-même. Les objets avaient pris une nouvelle existence sous ses yeux. Ma mère n'avait jamais été aussi absente à lui et à ses besoins. J'ai tendu la main vers l'étagère au-dessus de l'évier pour l'aider.

Dehors, ma mère avait allongé ses jambes sur une chaise et fermé les yeux. J'imaginais les taches qui dansaient derrière ses paupières, le coup contre la barrière que rejouait sans cesse sa tête, comme elle me l'avait raconté. Je lui ai versé du thé, et elle a pris un gâteau qu'elle a laissé tremper dedans.

Mon père était quelque part dans la maison. Quand j'étais montée à l'étage, j'avais vu mon ancienne chambre ouverte, les draps froissés sur le lit, sa montre et un verre d'eau vide sur la table de nuit.

Ma mère a repris un gâteau mais, cette fois, le morceau s'est détaché au fond de la tasse. Elle a poussé un cri, elle a pris l'une des cuillères sur la table du jardin. Quelque chose est venu briller au coin de son œil. Elle continuait à faire des ronds dans l'eau claire avec la cuillère, et je n'ai pas compris tout de suite qu'elle pleurait. L'eau sur ses joues est venue se mélanger au thé entre ses mains. Je lui ai retiré sa tasse, je l'ai vidée dans l'herbe. J'ai pris la théière pour lui verser une autre tasse. Elle était confuse. Elle a dit « Merci, ma chérie », elle a dit « Je suis bête » et une autre phrase que je n'ai pas comprise. Ses jambes étaient toujours étendues sur la chaise. Elle a repris un gâteau avant de le reposer. « Il y a quelque chose que je ne t'ai pas dit. »

La peau de ses bras s'est piquetée sous l'effet du vent, elle avait seulement son haut en coton gris sur elle et j'ai pensé moi aussi qu'il faisait froid, malgré le soleil. Et avant qu'elle continue, avant que les mots ne sortent de sa bouche, j'ai su que quelque chose de douloureux allait être révélé, qui ne pourrait pas être retiré après. Et ça me paraissait si irréel que ma main a amorcé un mouvement, comme pour s'élever vers son visage, pour tenter d'effacer ce que j'y voyais, les larmes qui s'étaient arrêtées mais avaient laissé une ligne pâle sur ses joues et une tache humide sur son haut gris, entre ses seins.

« Tu sais, ce que tu m'as demandé la dernière fois… sur ta sœur. » Son regard s'est perdu dans le vide, entre l'herbe et la tasse. « Il y a quelque chose que je ne t'ai pas dit », elle a seulement répété.

rouge.

Julia O'Field n'était pas une personne comme une autre. Ma mère l'avait toujours pensé. Déjà en France lorsqu'elles s'étaient rencontrées, et aussi plus tard, lorsqu'elle était arrivée à Rochester. Au-delà du fait que Julia était américaine et que toute une culture les séparait. Julia aimait et faisait des choses étranges. Elle trouvait John Cale du Velvet Underground sexy. Elle adorait tellement le film *Hands of the Ripper* qu'elle imitait la transe psychotique de son héroïne Anna dès qu'une occasion se présentait. Elle trouvait sophistiqués les poils sous les aisselles. Elle aimait les garçons aux ongles longs. Elle appelait les numéros de toutes les annonces de chats perdus. Elle préférait manger debout et sans assiette. Nancy, sa sœur, était très discrète en comparaison, si discrète même que, dans la mémoire de ma mère, Nancy n'était plus qu'un corps vague, une présence s'accolant aux souvenirs lorsqu'elle disait que

Nancy devait être là aussi, à ce moment précis, quelque part dans la pièce.

Mais l'histoire résidait ailleurs. Ma mère aurait pu parler des O'Field pendant plusieurs heures encore. Ces mêmes heures qui lui permettaient de ne pas avoir à raconter ce qu'un endroit en elle s'était promis de ne jamais raconter. Dans ce nouveau récit, Andrew Turner était toujours là mais, cette fois, quand elle avait prononcé son nom, l'inflexion dans sa voix avait été différente de celle qu'elle avait eue chez ses parents, au milieu des photos de famille éparpillées, l'haleine aigre de ma grand-mère au-dessus d'elle, qui promenait son doigt sur le papier glacé, le long des cheveux de la jolie Shirley qu'elle avait été.

Andrew Turner était brillant. Il fallait le voir parler de photographie, de littérature, de cinéma, de politique, ses mains partout dans les airs, son regard perdu au-dessus de vous, sa pomme d'Adam allant et venant comme un curieux instrument. Très vite, elle l'avait admiré, très vite, une réelle amitié était née entre eux, et il était devenu plus que le simple photographe qu'elle m'avait décrit.

C'était arrivé pendant une séance photos où elle avait filé une nouvelle paire de bas et où Andrew avait mis en fond le dernier album des Doors, elle revoyait encore l'instant, l'image de ses avant-bras tout juste découverts, il avait de beaux bras, assez épais, recouverts de poils bruns et drus, il s'était penché derrière elle, et elle avait senti une vague chaude contre son épaule, sa bouche qui s'était approchée pour y piquer un baiser. « *Is that OK ?* », il avait demandé et puis il n'avait cessé de le répéter, *is that OK* si je t'embrasse, *is that OK* si je te dis que, quand tu n'es pas là, je regarde encore et encore des photos de toi, *is that OK* si je tombe amoureux, *is that OK ?* Et ma mère avait dit oui, elle avait dit « *it's OK* » et quand Andrew avait repris son appareil pour la photographier, le flash avait laissé son empreinte blanche plus longtemps que d'habitude sur sa rétine.

Et là le regard de ma mère s'était embarrassé, comme si déjà elle en avait trop dit, comme si ce n'était pas une bonne idée finalement. J'ai eu peur qu'elle arrête, que son visage se ferme, qu'elle retire ses jambes de la chaise, prétextant qu'elle avait trop froid, qu'elle voulait rentrer à l'intérieur, qu'elle mente et dise que l'histoire n'avait pas de contours plus lointains que ces baisers échangés, que le disque rejouant encore et encore *Cars Hiss by My Window*.

Elle avait vingt et un ans et elle aimait deux hommes en même temps. Elle ne savait pas que c'était possible.

Il lui a fallu un long moment pour m'avouer qu'un jour elle avait arrêté de saigner et que les tempêtes sur les posters des murs de sa chambre avaient alors pris des hauteurs terrifiantes.

Malgré tout, elle avait continué de sourire sur les photos, de rentrer les joues et le dos et le ventre sur le tabouret, d'aller chercher les petits Jansen-Walsh à l'école, de leur faire prendre le bain, de les coucher, de sortir avec Andrew, de mettre le gros verrou et l'entrebâilleur sur la porte lorsqu'elle rentrait et que le noir s'installait partout dans la maison et que les autres dormaient à l'étage.

Enfermée dans la salle de bains, elle passait ses doigts sur son ventre qui restait creux. S'il y avait quelque chose à sentir, ce n'était qu'un grand vide. Mais elle promenait quand même chaque soir ses deux poings dessus. Pour être sûre.

Un jour, alors qu'elle rentrait des courses, un sac serré contre sa poitrine, elle avait été prise de douleurs terribles. Des éclairs rouges avaient traversé la rue, les pommes tombées du sac et qui avaient roulé par terre. Elle avait eu le temps de les contempler s'éparpiller sur l'asphalte avant de réaliser que son corps s'était replié sur lui-même. Aux toilettes, elle avait dû retirer son pantalon, le sang avait tout taché et le déchirement au fond de son ventre grondait. Elle avait dû se rendre aux urgences. Julia se tenait à ses côtés, marchant presque aussi mal qu'elle à cause de ses nouvelles chaussures. Elle ne savait pas dire pourquoi, mais le bruit du faux cuir l'avait marquée et aussi le moment où une infirmière était venue lui dire que tout irait bien, qu'elle ne devait pas s'en faire pour le fœtus.

« Putain, putain, putain, putain, répétait Julia dans la voiture, et tu n'as rien dit ? et tu n'as rien senti ? et Andrew le sait ? » Et ma mère restait silencieuse, les yeux dans le vague, elle visualisait son pantalon dans l'eau jaunie du lavabo, elle se demandait s'il pourrait revenir de ses taches, elle l'avait acheté pour quinze dollars dans une friperie, mais elle y tenait, et elle avait pensé que Julia n'était pas une personne si différente des autres, finalement. De Julia elle aurait attendu une autre réaction, même si elle n'aurait pas su dire laquelle.

Elle n'avait toujours pas parlé de mon père et je n'ai pas osé l'interrompre, de peur de voir mourir le peu de souffle qu'elle conservait pour raconter cette histoire. Et elle en a perdu un peu plus encore quand elle a dû décrire le silence d'Andrew, sa médiocrité qui lui était apparue soudain, dans le studio de photos. « Je suis enceinte. » « Je ne veux pas savoir. » C'était terrible et banal à la fois, et elle avait presque eu envie de rire d'elle, de cette illusion qu'elle avait toujours portée quelque part en elle de se croire différente, de croire que ça ne pouvait pas lui arriver, un rire profond et halluciné, un rire qui partait de très loin, du fond de la gorge. Elle n'avait rien su faire d'autre que d'appeler sa mère. Elle avait juste dit « C'est moi » dans le combiné, et sa voix s'était brisée. Sa mère avait demandé vingt-quatre heures pour réfléchir, elle avait dit aussi « N'en parle pas à ton père, n'en parle à personne ». Le lendemain, elle avait rappelé. Elle avait pris moins de vingt-quatre heures pour décider que sa fille devait quitter les États-Unis, rentrer en France, à la maison. « On trouvera un moyen », elle répétait. Quelques heures après, le téléphone avait de nouveau sonné. À la réflexion, il fallait attendre, préparer son père au retour précipité de sa fille. On lui dirait que la famille chez qui elle gardait les enfants souhaitait se séparer d'elle ; à William et Georgina, que la perte d'un parent obligeait ma mère à rentrer en France.

Mais il y avait Julia. Et Jake. En rentrant de l'hôpital, il était là et elle avait tout raconté à son frère. « C'était trop dur, tu comprends ? », elle avait secoué la tête, « Je ne savais pas quoi faire ».

Un soir, comme à son habitude, il avait frappé à la porte de la chambre de ma mère. L'armoire. Ses affaires. Il avait besoin de quelque chose. Pardon. Elle avait compris qu'à vrai dire il avait des mots plein la bouche et qu'il ne savait pas dans quel ordre les mettre. Il faisait tourner une paire de chaussettes dans sa main comme une balle. « Quels sont tes plans maintenant ? », ça aurait pu en être agaçant si ma mère n'avait pas eu peur, de lui et elle seuls dans cette pièce, qu'il prenne la voix du type en uniforme dans le cadre sur la commode du salon, qu'il lui dise qu'ils allaient devoir tout raconter à ses parents. Mais il ne l'avait pas fait. Il avait juste demandé si elle voulait qu'il aille parler à Andrew. « C'est du gâchis », il avait lâché aussi avant de refermer la porte, et elle aurait voulu le frapper pour ça, arracher ce truc qui lui poussait dans le ventre pour lui mettre sous le nez, « C'est ça, c'est ça, le gâchis ? Tu ne sais pas ce que c'est, toi, quand tu parles de gâchis ! », arracher ce petit tas de tissus tordus et visqueux, un enfant déjà on appelait ça, laissez-moi rire, d'ailleurs elle riait, riait, elle ne pouvait pas s'arrêter.

Elle avait été étonnée quand elle était arrivée en France de la rapidité avec laquelle ça s'était fait. Elle l'avait vu, le petit tas, on lui avait dit de ne pas regarder, mais elle l'avait fait quand même, et ça ne ressemblait pas du tout à un petit tas dégoûtant, c'était pire, ça ressemblait à un bout de la fille qu'elle avait toujours été et qu'elle ne serait plus jamais, et dedans il y avait aussi quelque chose de sa mère, sa mère qui s'était tenue chaque minute à côté d'elle, depuis le retour forcé, sa mère qui avait tout arrangé avec quelqu'un, *une dame très bien*, qui lui avait été recommandée, *une dame très bien*, c'était étrange à y repenser, elle avait toujours su que pour sa mère *les dames très bien* étaient à l'opposé de celles qui introduisaient des pompes à vélo dans les vagins, *les dames très bien*, c'étaient celles qui parlaient droit, qui jugeaient juste, qui disaient des choses comme « mon époux et moi » ou « nous sommes tous musiciens dans la famille ». Elle n'avait pas choisi pour elle mais il n'y avait pas vraiment de choix possible. Alors, elles avaient parlé à voix basse, elles avaient fait des calculs, elles avaient chacune invoqué quelque chose, ma mère en était sûre, Dieu, les saints ou en tout cas une puissance plus grande qu'elles, en regardant le crucifix en bois de famille, que ma grand-mère avait un jour clouté au mur du couloir menant de la cuisine au salon parce que c'était du bois de merisier, parce que ça ne coûtait rien d'en avoir un.

Les jours d'après, ma mère avait dû se reposer. Elles avaient pris l'habitude avec ma grand-mère de faire chaque jour un tour du bois juste à côté. Elles ne parlaient jamais de l'avortement. C'était un mot qu'elles n'avaient jamais prononcé entre elles. Elles disaient « l'opération, l'intervention, le rendez-vous », et très vite elles avaient même cessé, elles ne parlaient plus de « l'opération », de « l'intervention », du « rendez-vous », très vite, elles avaient arrêté d'en parler, comme si le fait d'arrêter d'en parler pouvait effacer ce qui était arrivé.

Depuis quelque temps, des mots étaient revenus sur cet hiver-là, au moment où la mémoire de la mère de ma mère s'était mise à fuir de tous les côtés, à donner un contour flou à certaines choses, à certains événements. Un jour, elle avait reparlé du petit tas et elle avait dit « ton enfant », puis elle avait dit « ta fille », et ma mère avait senti le glissement affreux se faire, le glissement entre le petit tas détesté et l'enfant perdue adorée. L'histoire qui se répète, la mémoire d'une famille qui vrille. Avec le petit tas, elle avait tué Solange une deuxième fois.

Elle ne pouvait le supporter, ce n'était pas vrai, mais elle ne pouvait empêcher la mémoire de sa mère de déborder et en débordant de les abîmer toutes les deux. Elle avait toujours considéré le petit tas comme un petit tas pour se sauver elle-même, elle le savait, se sauver de la vie qu'elle n'aurait pas voulue pour elle, mais ce n'était pas si simple que ça.

Il manquait un élément sur la photo de cet été à Toulon. Comme pour celle qui m'avait révélé le passé de Shirley de ma mère, j'ai dû aller la retrouver, une fois que j'ai compris toute l'histoire. Cette fois, j'ai passé de longs moments à détailler le visage de ma mère et pas seulement celui de la petite fille de douze ans qui se tenait à côté. Même en sachant ce qu'il était arrivé, je n'aurais pas su décrire ce que ce visage renfermait de secret, d'obscur. Ma mère souriait, comme elle avait toujours souri sur toutes les photos que j'avais vues d'elle. La photo avait été une photo parmi d'autres, et c'est vrai qu'elle était même un peu ratée, avec ce petit nuage orange, dans le coin supérieur gauche, un doigt, celui du photographe, un anonyme qui avait dû accepter l'appareil que lui tendait cette mère avec sa fille.

Je l'imaginais, cet homme ou cette femme, à compter tout haut, « un, deux, trois », pensant photographier une mère heureuse de ses vacances avec son enfant, à ne pas voir plus loin que les petites taches de soleil sur les épaules de la mère, ses cheveux mouillés, le dépôt rose aux coins des lèvres de la petite à cause de la glace à l'eau qu'elle venait d'avaler. En réalité, mon père manquait sur cette photo et, si cet été est resté imprimé plus que les autres dans ma mémoire, c'est que j'avais dû ressentir quelque chose nous traverser tous les trois, quelque chose que je n'avais pas su nommer ni comprendre.

J'étais pourtant à côté, m'a raconté ma mère, quand elle a ouvert cette lettre à Toulon, une lettre écrite en anglais, et parmi tout le courrier que mon père avait rapporté de chez nous, les factures et les publicités qu'il n'avait pas eu l'idée de jeter et qui avaient fait le voyage dans sa valise, elle avait pensé que c'était une erreur.

La lettre était signée Andrew et c'est seulement quand son regard est allé vers le bas de la lettre, *with all my affection and regrets for the two young people we used to be*, qu'elle a compris.

Il lui avait écrit.

Après toutes ces années.

Il avait expliqué qu'il avait réussi à retrouver Julia, qui habitait toujours Rochester, avec son mari et ses trois enfants. Julia se souvenait du nom de mon père et il n'avait pas fallu beaucoup de recherches à Andrew pour trouver le nom de l'entreprise qu'il avait créée et l'endroit où il vivait, et ma mère avait ressenti tout de suite une immense colère contre Julia, Julia qui avait disparu de sa vie, Julia qui n'existait plus que sur des photos aimées et commentées virtuellement par des gens, elle avait répondu à Andrew pour l'aider à la retrouver.

Ma mère avait tremblé si fort à la lecture de cette lettre qu'elle était allée s'allonger.

Elle avait demandé à mon père de m'emmener à la plage, prétexté qu'elle nous rejoindrait après. Elle s'était souvenue après notre départ qu'elle avait commencé à faire cuire des légumes sur le feu. Quand elle était arrivée dans la cuisine, il n'y avait plus d'eau dans la casserole et le fond commençait à brûler.

La lettre d'Andrew n'était pas très longue.

Les remords demandent quelquefois beaucoup de papier pour être confessés, pourtant, dans son cas, ils tenaient sur deux lignes. Il avait quitté Rochester pour retourner vivre dans le Dakota, où il avait grandi. Il avait cherché à ouvrir son propre studio photo, mais l'affaire s'était rapidement cassé la figure. Après plusieurs autres tentatives, il avait fini par abandonner l'idée, il animait maintenant des cours de photographie dans un club amateur le week-end, et c'était très bien comme ça. Il avait repris la direction de l'usine familiale à la retraite de son père, une petite usine spécialisée dans la production de papier, il écrivait d'ailleurs cette lettre sur du papier vélin, l'une de leurs plus belles gammes de papier, et il ne s'était jamais marié.

Il n'y avait pas de réparation possible après la façon dont il avait rejeté ma mère, il le savait bien, mais voilà plusieurs années qu'il voulait lui écrire. Il ne demandait pas son pardon, il savait qu'il n'en était pas digne, il voulait seulement s'assurer qu'elle était heureuse aujourd'hui, quel que soit le choix qu'elle avait fait par rapport à l'enfant (elle avait noté le déterminant choisi avec soin, « l'enfant » et non « ton enfant » ou « notre enfant »), est-ce qu'elle l'avait gardé ? Il avait compris, en faisant ses recherches, qu'elle avait finalement épousé son fiancé, mon père, et il écrivait que c'était pour le mieux, qu'il avait toujours pressenti que c'était un homme bien, et ma mère avait étouffé un bruit, entre le cri et le gémissement, qui contenait toute l'horreur de lire cette phrase, cette mention, à la fin de la lettre, de mon père. Il avait écrit son adresse complète, tout en bas, et son numéro de téléphone, il ne manquait plus qu'il ait envoyé une photo de lui, avait songé ma mère.

Elle avait pensé à se débarrasser de cette lettre mais, au moment où elle allait la déchirer par-dessus le balcon, les petits morceaux blancs lancés très haut dans le ciel, son ventre déchiqueté une deuxième fois, quelque chose l'avait retenue. Elle s'était dit que cette lettre était peut-être un signe, que le moment était sans doute arrivé.

Pendant toutes ces années, elle avait retenu au fond d'elle des phrases, « Il faut que je te raconte », « Il y a quelque chose que je ne t'ai pas avoué », « Tu vas me détester », elle avait fait et refait dans sa tête la discussion avec mon père, elle avait imaginé toutes les émotions sur son visage, la colère, la haine, la déception, le dégoût et, parfois, certains jours seulement, quand elle était fatiguée de sa propre faiblesse, elle s'imaginait lui répondre plus fort. Car c'était elle qui avait le plus souffert dans l'histoire, qui avait été abandonnée, qui s'était retrouvée seule, qui avait dû faire un choix, qui devait vivre avec le souvenir des deux montagnes formées par ses cuisses blanches, le souvenir de la main gauche de la femme qui appuyait sur son ventre, entre les deux montagnes, une main avec de beaux ongles, longs et vernis, elle s'était dit que c'était étrange une main aussi soignée pour faire ce qu'elle faisait, elle avait même eu peur à un moment que l'un de ces faux ongles se détache et ne reste coincé en elle, une petite griffe laissée exprès dans son ventre pour se rappeler à elle, dès qu'elle se sentirait trop joyeuse.

Elle avait gardé la lettre d'Andrew sur la commode de leur chambre. Elle avait attendu que mon père et moi rentrions de la plage. Nous avions dîné comme d'habitude sur la terrasse, les légumes qui avaient trop bouilli et avaient un vague goût de fumée.

Après le film à la télévision, elle avait déposé des baisers sur la raie blanche de mes cheveux et étalé de la crème sur les lignes rouges dans mon dos.

Elle avait guetté depuis la chambre le moment où le salon ne serait plus envahi de bleu ni de la voix de deux spécialistes débattant du passage à l'euro et devant lesquels mon père avait dû encore s'assoupir.

Quand il était venu se coucher, elle avait pensé que tout ça, la lettre, le passé, la dispute, pouvait attendre le lendemain, ou la rentrée, ou un autre jour qui ne viendrait jamais, mais sans qu'elle l'ait vraiment décidé, sa main s'était tendue vers l'interrupteur, et ils avaient été tous les deux surpris par la lumière crue soudain dans la chambre. Tout ensuite s'était enchaîné de manière très confuse, elle n'aurait pas su dire exactement quelles phrases elle avait prononcées, mais elle avait encore le souvenir très précis de mon père, resté debout, au milieu de la chambre, un vieux T-shirt de pyjama sur le dos, son short de bain encore humide par endroits et ses pauvres jambes maigres et poilues qui en sortaient, et elle avait pensé que c'était une position détestable pour apprendre qu'on avait été trahi, qu'on avait pu préférer un autre corps au sien.

La nuit avançait et eux reculaient, des années en arrière, le temps n'avait pas plus de forme soudain que l'eau qui coulait sur le visage de ma mère.

À un moment, elle avait cru qu'il pourrait la comprendre, à la façon dont il lui avait pris la main parce qu'elle ne pouvait s'arrêter de pleurer, qu'il l'avait tenue serrée dans la sienne, tout humide et crispée autour de mouchoirs en papier.

Mais, le matin, le soleil avait jeté une autre lumière sur cet aveu, mon père était parti, il n'avait pas dit quand il allait revenir.

Ma mère m'avait emmenée à la plage, comme tous les jours. Elle avait juste gardé ses lunettes de soleil plus longtemps que d'habitude, même après que l'énorme cornet de glace en plastique sur le trottoir avait disparu devant la petite baraque, près de la douche en pierre, et que les rochers, dans le jour déclinant, avaient pris une couleur rose. Mon père avait dû repartir travailler, elle avait dit, et je n'avais pas eu l'idée de poser plus de questions. Il nous restait huit jours à passer à Toulon. Elle avait essayé de téléphoner plusieurs fois chez nous, mais mon père ne décrochait pas. Elle avait pensé rentrer, quitter la location plus tôt que prévu pour aller le retrouver. Un soir, elle avait même commencé à secouer le sable dans sa valise pour la remplir avec ses affaires, le téléphone avait sonné, c'était lui. Sa colère avait eu le temps de se couler dans des mots puis dans des phrases qu'il avait assenées à ma mère d'un coup. Il ne serait pas là à la maison à notre retour, l'appel s'était conclu là-dessus.

À la fin des huit jours, elle avait mis le reste de ses affaires dans sa valise et nettoyé le frigo. L'écorchure à mon genou avait pris une teinte rose, presque blanche sous l'épaisseur brune qui était tombée, je la touchais sans cesse, comme pour vérifier qu'elle était toujours là.

Je connaissais la fin de l'histoire, car mon père ne nous avait pas quittées. J'avais grandi avec lui, et leur séparation avait été trop brève pour que mon esprit puisse l'articuler. Après les vacances, on m'avait dit qu'il était en voyage. Après le voyage, il était revenu, et les choses avaient repris leur ordre habituel. À quel accord était-il arrivé alors avec ma mère, je n'aurais su le dire. Je pouvais seulement deviner que ce trou de plusieurs semaines dans leur histoire avait fini par rétrécir, par devenir une tache à laquelle la vision s'habitue pour embrasser l'ensemble, et l'ensemble c'était moi, c'était leur vie à deux, c'était ce que les années pouvaient encore leur donner. Ma mère n'avait jamais su où était parti mon père. C'était son prix à payer et elle avait dû l'accepter.

« Tu as parlé avec ta mère ? », mon père était dans la cuisine. J'ai pensé qu'il m'y attendait peut-être depuis un moment. Il m'a pris le plateau des mains et a vidé le reste des tasses dans l'évier. Il a reniflé un grand coup, j'ai répondu, « Oui », il a dit « C'est bien ». Il m'a offert son dos, ses épaules qui bougeaient tandis qu'il prenait l'éponge pour nettoyer la vaisselle, avec une application inhabituelle. Il a pris son temps pour mettre les tasses, l'assiette, la théière et les cuillères à égoutter. Ses mains étaient rouges, il les a essuyées avec le torchon. J'étais toujours là, alors il m'a regardée et il a répété « C'est bien ». Nous n'avons rien dit, le compresseur du frigidaire s'est déclenché, la vaisselle gouttait sur le plan de travail, j'ai compris que mon père ne savait pas quoi me donner, et j'ai gardé le silence pour lui montrer que j'acceptais le sien.

Lorsque je suis rentrée chez Alma et le garçon amoureux d'Alma, je n'ai pas pu parler de ma mère et de mon père, j'ai envoyé un message au garçon au sourire rouge, j'ai dit que je devais le voir et, quand nos deux corps se sont retrouvés, je n'ai pas pensé à Hatem, je n'ai pas pensé à la Tunisie, à vrai dire je n'ai pas pensé non plus au garçon au sourire rouge, j'ai pensé que j'étais là, j'ai pensé que c'était ce que je voulais, même si c'était la dernière fois. Et que c'était bien déjà, oui c'était bien.

hors cadre.

La lumière de dehors projetait un masque sur le visage d'Alma. Ses bras ont fait le tour de ma taille, elle m'a serrée comme pour éprouver la présence de mes os. Elle n'avait pas envie que je parte, même si je ne partais pas vraiment. J'avais trouvé une chambre en sous-location dans un immeuble à quelques rues de chez elle. Je ne savais pas encore ce que j'allais faire, mais il fallait que ce soit la fin de quelque chose.

Sur les nouveaux murs, j'ai accroché les portraits de Shirley de ma mère et une photo de Solange, entre les deux une image de moi sur la plage de Kef Abbed. Elles me regardaient toutes les trois, la fille de Rochester, la tante engloutie par les eaux et la fille sur la plage de Kef Abbed, elles me regardaient toutes les trois et je les regardais aussi.

Par la fenêtre, lorsque je fumais le soir, les photos sur les murs m'observant toujours, je pouvais apercevoir l'immeuble d'Alma, caché derrière d'autres toits. Je l'imaginais fumer aussi à sa fenêtre, et la fumée de nos cigarettes se rejoindre, par petites vagues, calmes et claires et miroitantes, comme une mer qui n'aurait pas encore de nom.

Ce livre n'aurait pu voir le jour sans le soutien et la confiance de nombreuses personnes. Merci à Marie Eugène pour son regard et sa sensibilité uniques, depuis le début de cette aventure. Merci à Alexane Lepoan et à toute l'équipe d'HarperCollins pour leur accompagnement.

Merci à mes premières lectrices – si chères à mon cœur – Agnès C., Amélie, Clémence W., Juliette, et aussi à Jérôme pour le compte à rebours.

Merci à Karima pour les traductions, et en souvenir de ce temps vécu à Tunis.

Merci également à celles et ceux qui m'ont toujours encouragée dans l'écriture : mon père, ma sœur, mes frères, ma famille – et plus particulièrement mes cousines et Isabelle –, mes ami·e·s avec une pensée spéciale pour Vaea, ma + 1 de littérature, et Cécile, pour être toujours là.

Merci à Félix, pour tout.

Merci à ma mère. Au-delà des mots et au-delà de l'absence.

Dans la même collection

Marie Aline, *Les Bouffeurs anonymes*
Louise Browaeys, *La Dislocation*
Louise Browaeys, *Fais battre ton tambour*
Agnès de Clairville, *La poupée qui fait oui*
Agnès de Clairville, *Corps de ferme*
Gringe, *Ensemble, on aboie en silence*
Émilie Guillaumin, *L'Embuscade*
Émilie Guillaumin, *Petites dents, grands crocs*
Carine Hazan, *jean-jacques*
Aurélie Jeannin, *Préférer l'hiver*
Aurélie Jeannin, *Les Bordes*
Claire Jéhanno, *La Jurée*
Anne de Kinkelin, *12 bis, avenue du Maréchal-Joffre*
Anne de Kinkelin, *La Sourde Oreille*
Nicolas Laquerrière, *Nueve Cuatro*
Agathe Lemaitre, *Le Livre de Liane*
Nicolas Maleski, *La Science de l'esquive*
Nicolas Maleski, *La Force décuplée des perdants*
Sophie Pointurier, *La Femme périphérique*
Sophie Pointurier, *Femme portant un fusil*
Sophie Reungeot, *Le Bruit des avions*
Constance Rutherford, *Vierge*
Matthieu Seel, *Rien ne dure vraiment longtemps*
Frédérique Voruz, *Lalalangue (prenez et mangez-en tous)*

Composé et édité par HarperCollins France.

Achevé d'imprimer en décembre 2023.

FIRMIN-DIDOT

à Mesnil-sur-l'Estrée (Eure)

Dépôt légal : janvier 2024.

Pour limiter l'empreinte environnementale de ses livres, HarperCollins France s'engage à n'utiliser que du papier fabriqué à partir de bois provenant de forêts gérées durablement et de manière responsable.

Imprimé en France